1. Fabienne und Robert: Wie alles begann

Samstag früh, 6:00 Uhr, der Wecker klingelt schrill. Fabienne und Robert gähnen und strecken sich, danach stehen sie auf. Wie zwei Roboter marschieren die beiden in ihrer Wohnung umher. Es gibt jeden Morgen einen geregelten Ablauf, zuerst geht Robert ins Bad und Fabienne auf die Toilette, dann umgekehrt. Frühstück gibt es im Büro. Der Samstag ist längst ein Bestandteil der Arbeitswoche geworden. Kein Kuss, keine Umarmung, kein „guten Morgen". Stattdessen sagt Robert: „20:00 Uhr." Und Fabienne: „18:00 Uhr - nehme etwas mit." „Okay", erwidert Robert, „vom Inder hatten wir länger nichts mehr." In dieser Art beginnt jeder Arbeitstag von Fabienne und Robert.

Beide sind um die dreißig. Sie haben sich an der Universität kennengelernt und sind mittlerweile erfolgreich in der Immobilienbranche tätig. Sie sind gutaussehend, sie sind modern und stehen am Beginn einer steilen Karriere. Fabienne ist eine zierliche Blondine, eins siebzig groß und hat feines, glattes, langes Haar, meist hat sie es hochgesteckt. Gelegentlich trägt Fabienne eine Brille, weil sie leicht kurzsichtig ist. Sie ist eine Augenweide, nicht nur durch ihr umwerfendes Lächeln und ihre großen blauen Augen. Wegen ihrer langen, schlanken Beine wurde Fabienne in der Schule oft gehänselt. Heute sieht dieses damalige vermeintliche Manko etwas anders aus. Fabienne weiß genau mit ihren Reizen zu spielen. Enge Hosen oder kurze Business-Röcke betonen ihre atemberaubende Figur.

Robert steht ihr um nichts nach. Mit eins achtundachtzig, athletischer Figur, einem Drei-Tage-Bart und dunklem Teint dreht sich häufig jemand nach ihm um, wenn er sich durch sein etwas längeres, braunes Haar fährt. Sie sind ein hübsches Paar im besten Alter und beruflich erfolgreich. Ihre tolle Penthouse-Wohnung in einer mittelgroßen Stadt in Frankreich können sie sich spielend leisten, worauf sie besonders stolz sind. Sie haben sich diese auch hart erarbeitet.

Keiner von ihnen will so leben, wie sie aufgewachsen sind – auf dem Land in sehr ähnlichen ärmlichen Verhältnissen, mit tristen beruflichen Perspektiven. Beide sind Einzelkinder, ihre Eltern haben ihr Leben lang körperlich hart gearbeitet. Ihre Eltern leben nicht mehr, die wenigen Verwandten sind vermutlich im Ausland. Doch bis jetzt hatte keiner von beiden Zeit oder ausreichend Interesse, die Verwandten auszuforschen. Das Wichtigste in ihrem Leben ist Erfolg, um die frühere Armut für immer hinter sich lassen zu können.

Fabienne und Robert sind streng katholisch erzogen worden. Vor und nach dem Essen wurde gebetet, der Besuch von Gottesdiensten war obligatorisch. Weder die Eltern von Fabienne noch von Robert hätten es akzeptiert, wenn sie den Besuch einer Messe ausgelassen hätten. Die Eltern, vor allem der Vater, galt als Respektsperson, man durfte nicht widersprechen. Sie hatten aufzuessen, auch wenn das Essen nicht schmeckte. Dabei mussten die beiden auch oft stundenlang am Tisch sitzen bleiben.

Vielleicht fühlten sich Fabienne und Robert auch deshalb so voneinander angezogen, weil sie das gleiche Schicksal teilten. Sie

2

lernten einander an der Universität kennen – doch zuerst war von einer Beziehung oder einer Annäherung noch lange keine Rede. Die beiden nahmen sich ab und zu wahr, nicht mehr. Daher wussten sie auch nicht, dass sie die gleiche Erziehung genossen hatten und aus ähnlichen ärmlichen Verhältnissen stammten. Regelmäßig geschlagen wurden zwar beide nicht, doch die Väter teilten schon des Öfteren Ohrfeigen aus, die sich gewaschen hatten.

Richtige Schläge bekamen die Tiere in der kleinen Nebenerwerbslandwirtschaft von Roberts Eltern. Mit massiven Stockschlägen gegen die Tiere verarbeitete sein Vater den Alltagsfrust und baute seine Aggressionen ab. Robert erinnert sich noch genau daran, dass er durch das kleine Toilettenfenster die Stockhiebe seines Vaters mitbekam, so dass die Tiere vor Schmerz schrien. Oft wünschte sich Robert, dass sein Vater tot wäre oder dieselben Schmerzen erleiden sollte wie die armen Tiere.

Als Katholik war sich Robert sicher, dass das auch der Fall war. Vermutlich stand sein inzwischen verstorbener Vater schon vor seinem Richter. Daher hegt Robert auch keinen Hass mehr gegen ihn oder gegen seine versteinerte Mutter, die einfach nur zusah.

Es dauerte eine erhebliche Zeit, bis beide den Selbstwert, der ihnen in der Kindheit genommen wurde, wieder aufbauen konnten. Beide waren lange Zeit ausgesprochen schüchtern. Mit Bestleistungen in der Schule und ausgezeichneten Uniabschlüssen kompensierten sie dieses Defizit. Beide wurden von vielen Kollegen durchaus bewundert, hatten aber trotzdem so gut wie keine Freunde, sondern nur oberflächliche Bekanntschaften, nicht mehr. Während der Studienzeit mussten Fabienne und Robert arbeiten, um sich über Wasser halten zu können. Der Wunsch, anders zu leben, als sie aufgewachsen waren, förderte ihren Ehrgeiz, deshalb gelang es beiden sehr gut, Studium und Arbeit unter einen Hut zu bekommen.

Weil sie schüchtern waren und Menschen gegenüber misstrauisch, hatte keiner vorher eine richtige Beziehung. Dafür hält ihre nun schon seit einigen Jahren.

Der Arbeitsalltag von Fabienne und Robert ist hart, aber erfolgreich.

Es ist Samstagabend. Fabienne ist bereits zu Hause, als Robert heimkommt: „Hey, Fabienne! Gibt es etwas vom Inder?"

„Natürlich, Schatz, ich wärme es kurz auf", sagt Fabienne. Sie hat sich bereits umgezogen und trägt ein ausgesprochen sexy Home Outfit. Robert ist ein Glückspilz, Fabienne zur Freundin zu haben.

Bei gedämpftem Licht und einer angezündeten Kerze und Wein essen die beiden in entspannter Atmosphäre. Sie lieben sich und wissen, dass sie zu wenig Zeit füreinander haben. Das Streben nach Erfolg, der Wunsch, den Entbehrungen der Kindheit und der damit verbundenen Armut zu entrinnen, lässt beide nicht los. Natürlich gibt es Momente, in denen sie an etwas mehr Ruhe, Zeit für die Liebe und die Stärkung der Beziehung denken – jedoch sehr selten.

Doch Fabienne verspürt immer öfter den Wunsch nach mehr Geborgenheit, nach Liebe und Zärtlichkeit. Seit ihrem letzten Geburtstag macht sie sich auch immer öfter Gedanken über den Sinn des Lebens. Wo will sie hin, was möchte sie erreichen, wer soll an ihrer Seite sein? Doch das ist eigentlich klar, das wird Robert sein. Aber möchte Robert einmal Kinder haben, eine richtige Familie? All diese Gedanken überkommen Fabienne immer häufiger. Früher nur an den Wochenenden, seit Monaten jedoch auch während der Woche. Soll sie Robert davon erzählen, ihn fragen, wie er ihre gemeinsame Zukunft sieht?

Nach dem Abendessen kuscheln sich die beiden eng umschlungen auf die Couch. Es läuft Entspannungsmusik und der Fernseher ist eingeschaltet, jedoch ohne Ton. Fabienne und Robert sind zufrieden. Viel haben sie seit dem Studium schon geschafft, worauf sie sehr stolz sind.

Doch auch Robert macht sich immer öfter Gedanken über ihre gemeinsame Zukunft. Auch er ist sich dessen bewusst, früher oder später etwas ändern zu müssen. Er befürchtet, Fabienne nicht halten zu können, wenn sie weiter in dieser Art weiterleben. Denn er ist sich sicher, dass Fabienne über kurz oder lang Kinder haben will.

Robert richtet sich auf, trinkt einen Schluck Wein und lehnt seinen Kopf wortlos an Fabiennes. Fabienne streichelt ihn. Währenddessen überlegt Robert, wie er Fabienne um ihre Hand bitten soll. Nicht gleich, aber es ist einfach ein guter Moment, die Gedanken darüber schweifen zu lassen.

Robert denkt zum ersten Mal auch darüber nach, ob man Trauzeugen benötigt, um heiraten zu können. Wer könnten diese sein? Ihm fällt niemand ein. Er kann sich auch nicht vorstellen, dass Fabienne Trauzeugen finden würde. Familie: Fehlanzeige. Freunde: Fehlanzeige. Robert schämt sich fast deswegen. Sie haben alles erreicht, es geht ihnen gut. Aber sie kennen niemanden, der bei ihrer Hochzeit als Trauzeuge fungieren könnte. Sollen sie sich Freunde suchen? Auch peinlich, wenn sie nur deshalb Freunde suchen, damit sie Trauzeugen haben, wenn sie einmal heiraten möchten! Was ist hier schiefgelaufen?, fragt sich Robert. Er denkt wieder an sein Elternhaus und an seine Kindheit. Fabienne hatte es genauso schwer wie er, aber auch sie hat nicht einmal eine beste Freundin, eigentlich gar keine Freundin. Unglaublich, findet Robert. Er verdrängt die Heiratsgedanken und versucht sich wieder zu entspannen.

„Alles in Ordnung?" Fabienne hat bemerkt, dass Roberts Herz schneller schlägt und er unruhig ist.
„Ja, liebste Fabienne, alles in Ordnung, ich liebe dich", sagt Robert. Fabienne lächelt und küsst ihn zärtlich auf die Lippen.

2. Änderungen im Leben: Entschleunigung

Wie meist verbringen Fabienne und Robert auch diesen Sonntag in der Natur. Beide haben – trotz wenig Freizeit – viel für die Natur über. Sie lieben die Stille, die satten Farben, Wasser und Berge, Wiesen und Äcker, Wälder und Auen. Es ist ein leicht bewölkter Frühherbsttag. Die leichte Brise ist angenehm und Fabienne und Robert spazieren mit offenen Jacken durch den weitläufigen Park am Rand ihrer Heimatstadt. Nur selten läuft ihnen jemand über den Weg. Sie marschieren ziemlich flott Hand in Hand, eigentlich ist es eher ein „Workout". Zu Mittag holen sie sich vom nahegelegenen Chinesen eine „Chinabox to go", und verspeisen das Essen auf einer abgelegenen Bank im Park.

„Es ist so schön hier", meint Fabienne und lehnt sich an Robert. Das findet er auch. Die Bank befindet etwas oberhalb von einer leicht abfallenden Wiese und ist von einigen alten Bäumen umgeben. Weiter unten erkennt man die nahegelegene Stadt. Mitten in der Natur und doch nah am städtischen Geschehen. Robert legt seinen Arm um Fabienne und fragt: „Bist du glücklich, Fabienne?"

„Natürlich bin ich glücklich, mein Schatz", antwortet sie schnell. „Was für eine Frage."

Robert streckt die Beine aus und seufzt. „Wir müssen mehr Zeit miteinander verbringen", sagt er.

Fabienne ist überrascht und überglücklich zugleich. Auch sie hat insbesondere in der letzten Zeit dasselbe gedacht.

„Ich glaube, mein Chef weiß nicht mal, ob ich in einer Beziehung lebe oder nicht. In unserer Firma kommt es so gut wie nie zu persönlichen Gesprächen. Unter einem guten Arbeitgeber stelle ich mir eigentlich etwas anderes vor", sagt Robert nachdenklich.

„Das ist bei mir auch nicht anders. Es interessiert niemanden, was ich privat tue oder wie ich lebe", entgegnet Fabienne.

„So weit hat es die Menschheit gebracht", sagt Robert.

„Nein, so weit haben wir beide es gebracht", kontert Fabienne. „Es kann nicht sein, dass wir unser Leben in Anonymität fristen und es nur auf Profit, Macht und Reichtum ausgerichtet ist, alles andere aber an uns vorüberzieht."

Doch den Lebensstandard, den sie heute haben, hätten sie nicht erreicht, wenn sie einen anderen Weg eingeschlagen hätten. Darüber sind sich beide ebenso im Klaren.

Fabienne ist – wie Robert – froh darüber, dass sie zum ersten Mal über eine Änderung in ihrem Leben sprechen.

„Darf ich dich auf ein paar Tage Kurzurlaub einladen?", fragt sie Robert schließlich lächelnd.

Fabienne lacht laut: „Natürlich, du musst sogar. Nächste Woche ist ein langes Wochenende. Wir könnten aufs Land fahren, in die Berge, einfach nur raus hier."

Robert nimmt Fabienne an der Hand und sie marschieren weiter. Beide sind glücklich darüber, endlich klare Worte über ihre Lebenssituation gefunden zu haben. Alles wird ab nun anders, dessen sind die beiden sicher. Am Abend wollen sie im Internet nachsehen, ob es noch attraktive Angebote für das lange

Wochenende gibt. Sie können sich gar nicht daran erinnern, jemals gemeinsam Urlaub gemacht zu haben, nicht mal einen Kurzurlaub.

Abends, nach einer stärkenden Gemüsebouillon, setzen sich Fabienne und Robert an den Wohnzimmertisch und prüfen im Internet diverse Angebote für ihren Kurzurlaub. Es scheint nicht mehr all zu viel zur Verfügung zu stehen. Robert ist sauer und schlägt vor, den Kurztrip zu verschieben. Fabienne lehnt ab und sucht weiter. Entweder sind nur noch Einzelzimmer verfügbar oder die Hotels sind zu weit weg, fliegen möchten sie nicht. Der Urlaubsort soll mit dem Auto erreichbar sein. Die Berge sind nicht weit weg, mit einer mehrstündigen Anreise mit dem Auto haben Fabienne und Robert kein Problem.

Doch alles ist ausgebucht! Fabienne sieht nun auch ein, dass das zu kurzfristig geplant war und sie den Urlaub verschieben sollten. Etwas mürrisch verdrückt sich Fabienne ins Badezimmer.

„Wir verschieben das einfach, es gibt außerdem zurzeit wirklich viel zu tun. Ich wollte meinen Kopf sowieso bei der Arbeit haben und nicht bei einem Kurztrip", sagt Fabienne, als sie aus dem Bad kommt, und geht zu Bett.

Robert gibt keine Antwort. Waren all die Gespräche umsonst? Nein, das will Robert nicht akzeptieren. Er ist der Meinung, dass sie mehr Zeit für sich und die Beziehung haben sollten. Robert findet immer mehr Gefallen an dem Gedanken von Heirat und Familie, auch ohne Trauzeugen und Freunde. Er will mit Fabienne in Zukunft anders leben als bisher, damit sie auch sicher zusammenbleiben. Deshalb schnappt er sich seinen Laptop und sucht weiter nach einem passenden Hotel für das kommende

Wochenende. Die Stunden vergehen, Robert kann es nicht fassen, es scheint in der Tat nichts mehr Geeignetes zu geben. Etwas ernüchtert, aber nicht weniger von seinen neuen Ansichten überzeugt, will Robert gerade den Laptop zuklappen.

In diesem Moment poppt auf dem Bildschirm eine rot unterlegte Werbeeinschaltung auf. Robert erschrickt, der Laptop wäre beinahe zu Boden gefallen. Mit einer Hand fängt er ihn gerade noch auf. Was ist das?

„3 Stunden Fahrt von Ihrem derzeitigen Standort", steht in der Anzeige. „Genießen Sie unvergessliche und erholsame Tage im *Schloss-Hotel*. Ob Wellness-Fan, Leseratte oder Naturliebhaber – all Ihre Wünsche werden in unserem Hotel mit atemberaubendem Ambiente vor überwältigender Naturkulisse in Erfüllung gehen." Zu schön, um wahr zu sein, denkt Robert und ist dabei, den Blick abzuwenden, als ein weiteres Fenster aufpoppt: „Noch Doppelzimmer der ersten Kategorie für das verlängerte Wochenende frei."

Robert ist von der Schönheit der Anlage total begeistert. Ein altes Schloss, großartig renoviert, tatsächlich mitten in der Natur – mit Bergen, Wäldern und Wasserfällen. Schnell reserviert Robert ein schönes Doppelzimmer. Der Preis dafür erscheint angemessen zu sein. Geld darf nun wirklich keine Rolle spielen. Unmittelbar danach kommt auch schon die Reservierungsbestätigung. Robert ist knapp daran, Fabienne zu rufen, lässt es aber bleiben. Er will es ihr am Morgen erzählen, womöglich schläft Fabienne schon. Robert steigt in sein Onlinebanking-System ein und überweist den geforderten Betrag mittels Eilüberweisung, denn nun darf nichts mehr schiefgehen oder dem Zufall überlassen werden. Dieses Zimmer im Schloss-Hotel gehört ihnen, das ist Fakt, sagt sich Robert und fühlt sich wie ein Ritter. Er ist stolz auf sich und weiß, damit eine Wende in ihrer Beziehung einleiten zu können. Er steht auf, geht im Wohnzimmer auf und ab und kann es kaum fassen, noch ein passendes Hotel gefunden zu haben.

Robert öffnet kurz die Terrassentür und blickt nach draußen. Er atmet tief durch und saugt die kühle Nachtluft ein. Kommendes Wochenende schon werden die beiden einen perfekten Kurzurlaub miteinander verbringen. Robert schließt die Tür, als er den Ton einer eingehenden E-Mail hört. Das „Schloss-Hotel" schreibt: „Vielen Dank für Ihre Buchung. Der Betrag ist bei uns eingelangt. Anbei finden Sie die Zahlungsbestätigung. Es erwarten Sie traumhafte Tage, in denen keine Wünsche offen bleiben, bei uns im *Schloss-Hotel*."

„Wow", denkt Robert und sieht sich noch einige Bilder auf der Homepage an, dann geht auch er zu Bett. Fabienne schläft bereits tief und fest. Robert kann es kaum erwarten, ihr von der Buchung zu erzählen. Es wird eine perfekte Überraschung.

Der nächste Morgen verläuft wie immer. Keine Zeit für Zärtlichkeiten und Beziehungsarbeit. Alles muss rasch, schnell und effizient funktionieren. Doch dann sagt Robert: „Fabienne, halt! Ich habe ein Hotelzimmer reserviert."

„Nein! Ist es auch etwas Vernünftiges? Wir wollten doch verschieben", sagt Fabienne. Robert kann es nicht erwarten, die

Bilder auf der Homepage zu laden. Fabienne ist perplex. „Puh - du bist ein Genie", ruft sie aus. „Robert, ich liebe dich über alles!"

Während Fabienne bereits überglücklich das Haus verlässt, überprüft Robert noch die Überweisung. Er druckt die Reservierungs- und die Zahlungsbestätigung aus. Von seinem Konto wurde jedoch noch kein Cent abgebucht! Robert will eine E-Mail an das Hotel schreiben, bremst sich jedoch ein, als ihm bewusst wird, dass er eine Buchungs- inkl. Zahlungsbestätigung vom Hotel hat. Nein, denkt Robert, das ist deren Problem. Ich schaue nun auf uns, auf Fabienne und mich. Die sollen sich melden, wenn ihnen etwas fehlt.

Später an diesem Tag überprüft Robert nochmals das Konto. Es wurde noch immer nichts abgebucht. Aber das ist ihm mittlerweile egal, das Wesentliche sind die Tage mit seiner Liebsten und diese sind gesichert.

Die Arbeitswoche vergeht wie im Flug. Die Vorfreude, die sich nun einstellt, kannten bisher weder Fabienne noch Robert.

Am Vorabend der Abreise hält Robert nochmals innere Einkehr. Er geht auf die Terrasse ihrer großen Penthouse-Wohnung im 20. Stockwerk. Sein Lieblingsplatz, wenn er kurz für sich sein und nachdenken möchte.

Er liebt Fabienne und ist sich sicher, nur mit ihr sein Leben verbringen zu wollen. Er steht mit beiden Beinen im Leben, hat eine fundierte Ausbildung und ist beruflich abgesichert. Ja, wenn das kommende Wochenende seine Gefühle bestätigt, will er danach Fabienne um ihre Hand bitten. Die schönste, tollste und liebenswerteste Frau des Universums soll seine Ehefrau werden. Dessen ist sich Robert nun absolut sicher.

Er fährt sich durchs Haar und reibt sich mit der Hand den Drei-Tage-Bart am Kinn.

Aber es gibt da etwas, nein, nicht heute, nein, doch heute, überlegt Robert hin und her. Er will gedanklich frei aus diesem Wochenende nach Hause kommen, bereit für den Neu-Start seiner Beziehung zu Fabienne. Er muss die Prioritäten neu ordnen, dessen ist sich Robert ganz sicher. Darum sollte er eventuell, nein, muss er Fabienne von Cynthia erzählen. „Ich tue das noch heute Abend, kurz und knapp", sagt er sich und fährt sich nochmals durchs Haar.

Fabienne zieht die halterlosen Strümpfe aus, die sie unter dem schwarzen Business-Rock trug. Sie ist froh, sie loszuwerden und will endlich unter die Dusche. Das warme Wasser läuft über ihren Körper. Ihre Brüste sehen aus, als ob sie nicht von der Natur geschaffen worden wären. Viele Frauen würden sich genau diese Formen vom Schönheitschirurgen modellieren lassen – prall, nicht zu klein, fest und formschön. Ihre leicht rosa Brustwarzen stehen durch den mittlerweile leicht kühl eingestellten Wasserschwall etwas ab.

Fabienne ist sich sicher, dass Robert der Mann ihres Lebens ist. Sie will, wenn es sein muss, auch auf die große Karriere verzichten, um häusliches Glück und Familie, Kinder haben zu können. Fabienne will dieses Wochenende auch dazu nützen, um über diesen Wunsch in Ruhe nachdenken zu können. Nur mit Robert kann sie sich eine Zukunft vorstellen, oder? Fabienne

13

möchte, nein, sie muss, noch vor diesem Wochenende Klartext mit ihm reden. Und zwar heute Abend. Es war zwar nicht mal etwas Ernstes, also nichts Dauerhaftes, trotzdem will sie Robert davon erzählen. Nachdenklich massiert sie das Creme-Duschgel in ihre langen, schlanken Beine ein.

Die letzten Tage hatte sie wenig Hunger, zu sehr musste sie über ihre Beziehung zu Robert nachdenken. Fabienne mag grundsätzlich ihre schlanke Figur, aber wie ein Hungerhaken will auch sie nicht aussehen. Sie wäre kein Magersuchtmodel.

Wenn sie enge Hosen trägt und vor ihm geht, schwärmt Robert, dass er das Gefühl habe, er bade in Honig und genieße in völliger Zufriedenheit einen Sonnenaufgang. Ab und an gibt es da kaum noch ein Halten, gibt er zu. Darum ist es ihm lieber, er sieht Fabienne erst abends in ihren sexy Outfits, denn dann muss er sich nicht den ganzen Tag über vorstellen, was er am Abend mit ihr anstellen wird.

Fabienne lächelt meist verführerisch, wenn Robert ihr das sagt, und bewegt dabei leicht kreisend ihre Hüften.

Fabienne lässt sich in der Dusche beregnen, mit nach unten gesenktem Kopf und hinunterhängenden Haaren. Sie muss Robert von Marc erzählen. Nur dann kann sie als gläubige Katholikin, als treue, aufrichtige und liebende Frau mit der Vergangenheit abschließen. Nur noch die Zukunft zählt. Die gemeinsame Zukunft mit ihrem Liebsten.

3. Perfekt und unnahbar: Cynthia und Marc

Robert denkt nochmals zurück an seine Kindheit. Alles musste so kommen, denkt er. Er ist sehr stolz darauf, was er erreicht hat.

Schon an der Universität konnten Fabienne und Robert ihre kognitiven Stärken einsetzen. Bei den Klausuren mussten sie keine soziale Kompetenz beweisen. Da wären beide durchgefallen. Daran hapert es auch heute noch, aber sie arbeiten nun immerhin daran. Die Einsicht ist schon ein guter Schritt. Locker hätten die beiden damals das Zeug zum Studiensprecher gehabt. Doch ihr geringes Selbstwertgefühl hemmte ihr Auftreten in vielen Belangen. Es lag keinem von beiden, sich in Szene zu setzen.

Dass sich ihre Kindheit auf viele bewusste und unbewusste Entscheidungen im Leben auswirkt, dessen sind sich Fabienne und Robert im Klaren. Sie arbeiten immerhin an der Schadensbegrenzung.

Marc war der Lehrgangssprecher von Fabienne gewesen. Er war nicht nur ein kluger Student, er war auch bei allen beliebt. Zu jeder Feier war er eingeladen und er konnte sich dann auch so gekonnt in Szene setzen, dass er trotz aller Dominanz nie arrogant wirkte. Er war groß, intelligent, er hatte schöne, gepflegte Hände und Zähne. Optisch war er dem Robert von heute ebenbürtig. Deshalb ist es verständlich, dass er nicht nur Fabienne gefiel.

Beinahe alle Studentinnen und manche Studenten hatten es auf Marc abgesehen. Er war der Schwarm am Campus. Marc hatte immer die hübschesten Mädchen als Freundinnen – meist mehrere gleichzeitig, außer er meinte es einmal ernster mit einer hübschen

Studentin. Marc war jedoch keinesfalls ein plumper Egoist. Er konnte auch die Zuneigung und die Anerkennung seiner Kompetenzen von weniger attraktiven Kolleginnen gewinnen, indem er sich für diverseste Projekte engagierte. Für den Tierschutz, für hungernde Kinder der Dritten Welt, für Integration und der ehrlichen Verteilung von Ressourcen. Marc war ein Genie. Viele trauten sich jedoch nie zu, mehr als eine Woche mit seinem Tempo mitzuhalten. Er war ein Siegertyp, ein Erfolgsmensch, immer in Aktion. Er war einer, der das Ergebnis schon vor Beginn kannte und somit den Prozess beeinflussen, quasi lenken konnte. Er war die perfekte Führungskraft mit einer gewaltigen Portion an sozialer Kompetenz.

Marc engagierte sich auch bei einem Projekt, an dem Fabienne in der Freizeit teilnahm: gewaltfreie Erziehung in minderbemittelten und Alkoholiker-Familien.

Marc kam – im Gegensatz zu Fabienne – aus sehr reichem Elternhaus, Geld spielte für ihn keine Rolle. Fabienne musste hingegen neben dem Studium arbeiten, um über die Runden zu kommen. Ihr Herz schlug immer schneller, wenn Marc in ihrer Nähe war. Er nützte sein Netzwerk und den Einfluss seiner Familie, um diesem Projekt den Rücken zu stärken. Eines Tages meinte Marc zu Fabienne: „Hey du, dir würden die Haare offen sicher auch gut stehen, warum versteckst du dich immer dermaßen? Du bist hübsch, geh aus dir raus." Fabienne wurde rot und verließ den Raum. Marc meinte das nicht böse oder beleidigend. Er strotzte vor Selbstvertrauen. Damit muss man auch mal umgehen können, dachte sich Fabienne. Als Fabienne hinausgegangen war, folgte ihr Marc.

„Hey, du heißt Fabienne, das weiß ich, wo willst du hin? Das Team braucht dich, und ich brauche dich auch." Fabienne zuckte zusammen, als Marc „ich brauche dich auch" sagte. Klar, Marc meinte das auf das Projekt bezogen. Marc folgte Fabienne und begleitete sie zum See am Campus. Dort gab es ein paar ruhige Plätze, die Fabienne aufsuchte, wenn sie abends nicht arbeiten musste. Dort konnte sie Kraft tanken und nachdenken.

„Es ist schön hier", meinte Marc. Er war erst ein- oder zweimal da gewesen. An diesem Abend war es kühl und er war mit Fabienne offensichtlich alleine.

Marc fragte sie, warum sie sich für dieses Projekt engagierte, wenn sie einen völlig anderen Zweig studierte. Fabienne erzählte kurz von ihrer Kindheit. Schließlich fasste sie Mut und fragte Marc, warum er sich denn für dieses Projekt einsetzte. Marc erzählte von sich, seiner Kindheit und dass er von seinem Vater, der nicht mehr lebte, eigentlich nichts hatte außer viel Geld.

Sein Vater hatte viel an der Börse spekuliert und konnte das oft nervlich nicht verarbeiten. Er war schließlich Alkoholiker geworden, woran er auch gestorben war. Es wäre schon lange her und er müsse nach vorn blicken, meinte Marc. Keine Zeit, um in der Vergangenheit zu leben. Fabienne lachte.

„Das lieben alle an dir, Marc, deine positive Einstellung, du bist wunderbar und …"

„Und was?", fragte Marc.

„… und sehr anziehend", sagte Fabienne leise.

Sie fühlte ihr Herz bis in die Haarwurzeln pochen. Sie war so aufgeregt, dass ihre Oberschenkel zitterten.

„Ich küsse dich jetzt", sagte Marc ganz leise, „du bist wirklich ein hübsches, kluges und liebenswertes Mädchen. Willst du mich? Kämst du mit mir klar?"

Während er so sprach, öffnete er die Spangen, mit denen sie ihr Haar hochgesteckt hatte. Er strich zärtlich über den Mittelscheitel ihrer feinen und glatten Haare entlang abwärts.

Dann zog er sie an sich und presste seine weichen und vollen Lippen auf ihre. Fabienne war kurz davor ohnmächtig zu werden. Wie in Trance öffnete sie ihren Mund und Marc drang mit seiner Zunge in sie ein. Er war zärtlich und einfühlsam.

Fabienne stöhnte leise und lehnte sich zurück, als Marc mit seiner Hand zwischen ihre Oberschenkel glitt. Fabienne musste sich Marc hingeben, sie hatte keine Chance. Ihre Sinne waren nur offen für die Lust, die Lust des Moments. Bei der Berührung ihres Intimbereiches hatte Fabienne einen ersten gewaltigen Orgasmus. Marc schob ihren Rock etwas hoch und zog ihren Slip zur Seite. Mit einem Finger fuhr er in Fabiennes Vagina. Sie war schwindelig vor Lust und hatte einen weiteren unglaublichen Orgasmus. Dann zog er seinen Finger aus Fabiennes warmer und feuchter Körperöffnung, leckte sich die Finger ab und sagte: „Auch wenn viele es behaupten, bin ich nicht einer, der viele Frauen gleichzeitig hat. Fabienne, wenn du eine Beziehung mit mir haben willst, dann bin ich der glücklichste Mann auf Erden. Ich will dich. Nicht nur jetzt, sondern auch noch morgen."

Fabienne musste sich erst mal beruhigen und tief durchatmen. Sie richtete sich auf und hatte keine Ahnung, was hier gerade passiert war. Marcs Frage: „Geht es dir gut?" bejahte sie, worauf er sich verabschiedete. Sie blieb noch eine Weile sitzen, zupfte ihre Kleider zurecht und steckte das Haar wieder hoch.

Das letzte Semester verging rasch. Fabienne mied den Kontakt zu Marc. Sie konnte sich nicht vorstellen, wie sie mit seiner Stärke und Beherrschung von Situationen klarkommen sollte. Wie ein „Gott" erschien er ihr manchmal sogar. Übermenschlich. Marc behandelte Fabienne nicht anders als früher. Zuvorkommend, respektvoll, manchmal auch forsch. Fabienne und Marc sahen sich nach Abschluss des Studiums nicht wieder. Beide gingen ihrer Wege.

Robert wusste von all dem nichts.

Robert war gutaussehend, intelligent und strebsam, aber kein Teamplayer. In seiner Freizeit war er oft in diversen Clubs unterwegs. Auch in jenem Club, in dem er zur Finanzierung des Studiums arbeitete. Er hatte keine richtigen Freunde, nur einige Studienkollegen, mit denen sich gelegentlich das eine oder andere Gespräch ergab. Einen großen Auftritt hatte Robert nie, obwohl er diesen durchwegs haben hätte können. Als großer, sportlicher und attraktiver junger Mann mit grünen Augen war es nicht so, dass er keine Verehrerinnen hatte. Im Gegenteil, manchmal traten die Mädels Robert sprichwörtlich die Tür ein. Robert hatte aber – wie Fabienne – keine Beziehungen. Er hatte im Gegensatz zu Fabienne zwar Sex und somit Möglichkeiten, den weiblichen Körper zu erforschen, aber es waren nie die Frauen, die er absolut anziehend fand, auch wenn sie hübsch waren.

Robert wollte aber immer schon eine Frau haben, die ihre Reize bewusst einsetzt. Durch ihre Stimme, durch die Art sich zu kleiden, durch ihre Bewegungen. Eine Frau, die es offensichtlich genießt, dass sie bei Männern gut ankommt. Eine Frau, die das weiß und sich mitten im Kopfkino des Mannes umdreht, sich nach vorne beugt, um den fallen gelassenen Stift aufzuheben, der leider noch zwei- oder dreimal zu Boden kullert. Die sich danach wieder dem Mann zuwendet, den Augenkontakt sucht und ihre Lippen mit ihrer Zunge befeuchtet.

Robert wollte genau so eine Frau erobern. Nicht für eine langfristige Beziehung, nein. Er wollte diesen schlampigen Umgang einfach genießen und sich auch verbal – zumindest einmal – richtig dreckig benehmen.

Das war allerdings nicht Robert, wie er tatsächlich ist. Er hatte den Eindruck, dass seine Kollegen diesen geilen, schlampigen, dreckigen Sex hatten, nur ihm, obwohl er stark, attraktiv und intelligent war, war dieses Abenteuer nicht vergönnt. Mit Robert wollten Frauen meist ihre Probleme besprechen, da er ein feinfühliger Mensch war. Ein toller Partner für eine langfristige Beziehung und Familie.

Zur damaligen Zeit waren jedoch andere Eigenschaften wichtig und bei Frauen zielführend.

Robert trank seit jeher sehr wenig Alkohol. Das schätzten die Frauen an ihm. Bei ihm gab es so gut wie nie verkaterte Ausreden auf Ausrutscher irgendwelcher Art. Dann aber, wenn Robert mal ein paar Gläser trank und feierte, ja dann war die Welt auf den Kopf gestellt. Er suchte das Gespräch, ging auf Leute zu und hatte keine Hemmungen, den Vorsitz an einem Tisch voller Menschen zu übernehmen. An einem Freitagabend im vorletzten Semester, Robert hatte mehrere Klausuren in Folge mit der Benotung „Sehr gut" absolviert, hatte er Dienst in seiner Bar. Nach Dienstschluss, die Bar war noch rappelvoll, wollte auch er feiern. Einen Grund gab es allemal. Einige Kollegen kannte er auch und nach einigen Drinks lösten sich die Zungen. Es war laut, es war lustig, er war in Feierstimmung. Plötzlich ging die Tür auf und eine Gruppe Mädels betrat die Bar. Wenn mehrere junge Frauen gleichzeitig eine Bar betreten, zieht das eine gewisse Aufmerksamkeit auf sich. Robert bemerkte eine sehr hübsche Frau und ließ sie nicht mehr aus den Augen. Sie war ein südländischer Typ mit braunem, lang gewelltem Haar, brauen Augen und sehr schlank. Sie ging zur Bar, bestellte sich gleich zwei Drinks, trank diese ex und tanzte zielstrebig in Richtung Tanzfläche. Diese war sehr klein und deshalb herrschte dort ein ziemliches Gedränge. Robert orderte auch zwei Drinks und tanzte zu seinem Objekt seiner Begierde.

„Hallo", begann Robert das Gespräch, „wie heißt du?"

„Ich bin Cynthia und heute habe ich etwas ganz Besonderes zu feiern", sagte Cynthia, lachte laut und nahm ohne zu fragen beide Gläser von Robert. Sie trank auch diese ex und begann wieder zu tanzen. Robert war schon etwas betrunken, wie offenbar auch alle anderen Leute in der Bar.

Die beiden tanzten sehr körperbetont zur Popmusik und lächelten sich zu. Die Lichtanlage trug dazu bei, dass eine tranceartige und erotische Stimmung aufkam.

Robert legte seinen Arm um Cynthias Hüfte, worauf sie sagte: „Ich bin nicht so eine, aber heute darfst du." Wieder lachte sie laut. Robert betrachtete sie eingehend. Es war genau die Art von Begegnung, die er immer schon suchte. Heute würde sein Abend werden, war er überzeugt. Er schob bewusst sein schwarzes, enges T-Shirt etwas nach oben. Cynthia sah sein Sixpack. Oberhalb Roberts Jeans, die perfekt saß, sah man den weißen Rand seiner Designer-Short, die Robert sich mal als Belohnung für besondere Noten gegönnt hatte.

Cynthia wurde heiß, das erkannte er sofort. Wenn er nichts falsch machen würde, hätte er sein erotisches Abenteuer, vielleicht genau in der Art, wie er es sich immer schon erträumt hatte.

An diesem Abend trug Cynthia einen engen Karo-Minirock und ein weißes eng anliegendes Shirt. Ihre relativ großen Brüste kamen dadurch besonders gut zur Geltung. Cynthia streckte ihre Arme in die Höhe und sang mit der Musik mit, während sie sich rhythmisch bewegte. Auch andere Männer wurden auf sie aufmerksam und tanzten zu ihr hin. Cynthia sah Robert immer wieder tief in die Augen und animierte ihn. Worauf er noch wartete, wusste er nicht. Inzwischen waren sicher drei bis vier Männer zwischen Robert und Cynthia. Robert wollte gerade an die Bar gehen, als ihn Cynthia an der Hand ergriff und aus der Bar nach draußen zog.

Schnurstracks ging sie mit ihm hinter das Gebäude, wo sich Getränkekisten, einige Sessel und ein Tisch befanden.

„Na, was war denn los mit dir, du Hübscher? Mehr an Motivation hab ich dir da drinnen nicht mehr bieten können", sagte sie lächelnd. „Musst du immer abgeholt werden? Darauf stehe ich eigentlich nicht, ich will Männer, die wissen, was sie wollen, und es sich holen."

„Ich weiß, was ich will", sagte Robert und zog Cynthia an sich. Es war das erste Mal, dass er eine wildfremde Frau in seinen Armen hielt. Cynthias Brüste drückten gegen seinen Oberkörper.

„Da unten tut sich was bei dir." Cynthia legte ihre Hand in Roberts Schritt.

Ohne sie vorher zu küssen, setzte er Cynthia auf den Tisch, massierte keuchend ihre Brüste und schob ihre Beine auseinander. Cynthia schloss die Augen und stöhnte. Dann lehnte sie sich zurück. Robert griff mit beiden Händen in ihre Kniekehlen, spreizte ihre Beine noch weiter auseinander und hob sie an.

Cynthias Karo-Minirock klappte zurück. Robert sah, dass sie keine Unterwäsche trug. Der Blick auf ihren zartrosa, blank rasierten Intimbereich erregte ihn sehr. Sein Penis wurde steif. Robert berührte Cynthia nun nicht mehr mit den Händen, er streichelte sie nicht, sie hatten sich zuvor auch nicht geküsst oder umarmt. Die pure, animalische Lust trieb die beiden an. Robert leckte die Innenseiten von Cynthias schlanken Oberschenkeln. Immer wieder fuhr er mit seiner Zunge auf und ab. Cynthia stöhnte auf. Robert sah, wie ihre Vagina feucht wurde und konnte sich nicht mehr halten. Mit weit geöffnetem Mund saugte er an Cynthias Klitoris.

Dann steckte er seine Zunge in ihre Vagina. Robert schluckte, setzte kurz ab und nahm dann erst die eine, dann die andere Schamlippe in seinen Mund. Cynthia schob ihr Becken noch weiter nach vorn und Robert spreizte ihre Beine noch mehr. Es war genau dieser geile und dreckige Sex, den sich Robert so sehr wünschte. Auf einem alten Tisch, hinter einer Bar, mit einer Unbekannten.

Robert war glücklich und fühlte sich sehr männlich. Cynthia schloss ihre Beine und sagte: „Ich tu dir nun auch etwas Gutes und dann will ich, dass du mich fickst. Ich meine so richtig hernimmst, so richtig gebrauchst, wie ein Stück Fleisch. Stoß mir die Seele aus dem Körper", sagte sie im Rausch der Lust. Robert stand auf, während sich Cynthia auf den Tisch kniete, sich mit den Händen abstützte und ihm den Kopf zuwandte. Sie streckte ihr Hinterteil weit heraus. Sie spreizte wieder ihre Beine und ihr Rock bedeckte nur knapp ihren Po. Wenn nun jemand um die Ecke käme, würde er Cynthia von hinten direkt zwischen die Beine schauen. Robert öffnete rasch seine Hose und wie von alleine sprang sein Penis hervor. Er hatte einen wirklich riesigen Penis. Er war nicht zu lang, aber sehr dick und durch eine leichte Kurve massiv empor gerichtet. Cynthia berührte Robert nicht einmal mit den Händen. Sie blickte nach oben in Roberts Augen und drückte ihr Hinterteil mit weit gespreizten Beinen nach oben. Robert fühlte sich dem Himmel nah. Er konnte sich in dem Moment nicht entscheiden, ob er nun hinter Cynthia stehen oder bleiben wollte, wo er stand. Er würde einen „Klon" benötigen, dann könnte man es Cynthia zu zweit so richtig besorgen. Er hatte auch den Gedanken, dass es geil wäre, wenn nun ein zweiter potenter Mann um die Ecke käme und einfach so in Cynthia eindrang. Ohne dass Cynthia wüsste, wer sie von hinten nahm.

Genau in diesem Moment öffnete Cynthia ihren Mund ganz weit. Sie schaute zu Robert auf und nahm seinen Penis in ihre warme, weiche und nasse Mundhöhle auf. Sie hatte Robert zuvor nicht einmal umarmt, nicht einmal richtig berührt. Sie hatte auch seinen Penis nicht mit ihren Händen berührt oder ihm die Hose geöffnet. Nun aber nahm sie sein Glied zwischen ihre Lippen. Nicht nur Roberts pralle Eichel. Nicht nur den Schaft. Nein, Cynthia steckte sich Roberts Penis bis zum Rachen in den Mund. Robert konnte sich gar nicht vorstellen, dass das möglich war. Er war total erregt, sein Herz pochte und er sah, wie Cynthias Nase gegen seine trainierte Bauchdecke stieß. Drei-, vier-, fünfmal zog sich Cynthia einige Zentimeter zurück, um dann wieder mit ganzer Leidenschaft nach vorne zu stoßen. Wie macht sie das nur, fragte sich Robert. Cynthia hatte Roberts Glied tief in der Kehle stecken, als sie versuchte, mit ihrer Zunge an die Hoden zu gelangen, um diese zusätzlich zu lecken.

Robert hatte getrunken, er wusste, wenn er Alkohol trank, konnte er seinen Samenerguss zurückhalten, jedoch gab es nun kein Halten mehr. Nein - dachte er, ich will Cynthia auch noch von hinten ficken, er stellte sich vor, wie er im Anschluss in sie eindringen wollte, um ihr die Geilheit aus dem Kopf zu stoßen. Es ging nicht mehr. Ohne Vorwarnung pumpte sein Körper das Sperma in Cynthias Rachen. Er zuckte wild zusammen. Immer und immer wieder. Das bemerkte auch Cynthia. Es gab kein

Zurück mehr. Robert fasste Cynthia am Hinterkopf. Sie wehrte sich nicht, bemerkte, dass es ohnehin zu spät war. Robert stöhnte laut und Cynthia konnte nur mehr durch die Nase Luft bekommen. Ihre Vagina war klatschnass und gierte nach einem Eindringling, während sie versuchte, ihre Kehle einfach zu öffnen. Sie wollte den Würgereflex verhindern, sodass Roberts Sperma ungehindert durch Cynthias Kehle fließen konnte.

Cynthia wackelte mit ihrem Po, während Roberts Zuckungen abflachten. Sie schob seinen erschlafften Penis aus ihrer Kehle. So unromantisch wie sie ihn aufgenommen hatte, ließ sie ihn auch wieder los. Sie schloss den Mund, fuhr sich dann ein paarmal mit dem rechten Zeigefinger um die Lippen und über ihr Kinn, leckte ihn ab und klatschte dann in ihre Hände.

„Das war echt abgefahren. Wie lange hattest du keinen Sex mehr?", fragte Cynthia. Obwohl sie noch nicht so richtig auf ihre Kosten gekommen war, lachte sie: „Du bist mir einer."

Dann streckte sie sich.

„Ich brauche einen Drink und ich will abtanzen. Für mich war so was auch das erste Mal. Ich wollte heute mal eine richtige Schlampe sein – das war ich nun auch. Ich bin normalerweise eine echt treue Seele, ich bin keine für solche Aktionen, ich bin tüchtig und ehrlich, aber heute wollte ich es einmal versuchen. Ich werde es nicht mehr probieren, aber bereuen tue ich nichts."

„Das brauchst du auch nicht", sagte Robert.

Dann drehte sich Cynthia um und verschwand. Robert richtete sich noch kurz zurecht und betrat anschließend wieder die Bar. Er konnte Cynthia nicht mehr finden. Er sah sie nie mehr wieder.

Dieses Schicksal teilen Fabienne und Robert. Weder Marc noch Cynthia liefen den beiden jemals wieder über den Weg. Natürlich hat auch keiner der beiden jemals versucht, Marc beziehungsweise Cynthia wiederzufinden. In den folgenden Jahren dachte Fabienne immer wieder an Marc. Auch Robert ging sein Abenteuer, das er nicht ganz zufriedenstellend beenden konnte, nicht aus dem Kopf. Es waren für beide doch sehr beeindruckende und einschneidende Begegnungen gewesen. Auch auf einer tieferen Gefühlsebene – vor allem bei Fabienne. Bei Robert war es eher der gekränkte Jagdinstinkt, der ihn immer wieder an Cynthia denken ließ.
Jeder hatte Gründe, weshalb Fabienne Marc und Robert Cynthia nicht vergessen konnte.

Das änderte sich, als sich Fabienne und Robert besser kennenlernten. Sie konnten sich nur grob aneinander in der Studienzeit erinnern.
Fabienne und Robert verliebten sich schnell ineinander. Sie waren glücklich, ihren Seelenpartner gefunden zu haben. Denn sie sind sich nicht nur ähnlich, sondern auch auf einer gewissen Gefühlsebene nahezu identisch. Sie haben die gleichen Werte und Lebenseinstellungen, sind treue Menschen und suchten die wahre Liebe und nicht das Abenteuer. Die beiden passten von Anfang an perfekt zueinander.

Schön, dass es so etwas tatsächlich gibt, denkt Fabienne über ihr Verhältnis zu Robert.

Fabienne zieht ihren flauschigen Bademantel an und geht zu Robert auf die Terrasse.

„Na mein Schatz? Ich freue mich schon so sehr auf die kommenden Tage!"

„Ich auch, meine Liebste", sagt Robert und drückt Fabienne fest an sich. Unabhängig voneinander beschließen sie, dem anderen an diesem Abend nichts von ihrem Abenteuer zu erzählen. Robert will die Harmonie an diesem Abend nicht zerstören – dieses vollkommene Glück, die Zufriedenheit. Auch Fabienne kann sich mittlerweile gar nicht mehr vorstellen, noch heute von Marc zu erzählen. Passende Momente werden sich in den kommenden Tagen ergeben, da sind sich Fabienne und Robert sicher.

Da weder Fabienne noch Robert später auch nur annähernd etwas Ähnliches erlebt haben, erachten es beide als notwendig, darüber dem anderen davon zu erzählen. Aber zu einem anderen Zeitpunkt. Die Vorfälle sind für sie wie ein Hemmschuh für ihre Beziehung: Auf der einen Seite waren es Abenteuer, wie sie täglich tausendfach vorkommen, andererseits waren es für beide psychologische Schwellen. Da war mehr am Campus-See. Zumindest konnte Fabienne innerlich nie ganz mit Marc abschließen. Sie liebt Robert, keine Frage. Sie braucht aber einen Abschluss, eine Reinigung, darum muss sie diese Episode Robert erzählen; nur so kann sie wirklich frei werden. Ja, Fabienne ist sich sicher, dass ein Gespräch mit Robert ihr den Weg in eine freie und glückliche Zukunft ebnet.

Fabienne und Robert sind von Grund auf gute Menschen. Treu, zuvorkommend und liebenswert. Sie brauchen das Gespräch mit dem anderen, bevor sie sich endgültig binden. Sie denken darüber nach, was sie alles besser machen wollen als bisher.
Beide möchten anders leben können als ihre Eltern. Sie wollen einander ein anderes Leben bieten können als ihre Eltern einander. Beide wollen eine Familie gründen, die von Grund auf glücklicher ist als die Familien, in denen sie aufwuchsen.

Robert ist sich ganz sicher, dass er Fabienne von Cynthia erzählen muss. Sie ist die einzige Frau, außer seiner Fabienne, an die er oftmals denken muss. Vielleicht erwartet sich Robert auch eine Lösung von Fabienne? Vielleicht will er die „Last" auch nur teilen, um besser damit klarzukommen? Fabienne und Robert wissen, dass es nicht die Handlungen an sich sind, die sie dem Partner beichten wollen. Sondern es ist die Rolle, die Marc und Cynthia offensichtlich noch in ihren Köpfen spielen. Auch wenn inzwischen viele Jahre vergangen sind.

Robert überprüft an diesem Abend nochmals sein Konto, bisher wurde immer noch nichts abgebucht. Er fühlt sich mittlerweile wie ein Gewinner eines Hauptpreises. Er hat dem Hotel sozusagen ein Schnippchen geschlagen.

Im Bett wollen sich Fabienne und Robert nochmals die Bilder des traumhaften Schloss-Hotels ansehen. „Page not found", heißt es.

„Das darf doch nicht wahr sein", ruft Fabienne. „Ich will diese tollen Bilder nochmals sehen."

„Fabienne", meint Robert, „beruhige dich, schon morgen werden wir alles live erleben können. Das Internet ist abends oft überlastet." Fabienne dreht sich zu Robert, legt ihr rechtes Bein über seine beiden Knie und küsst ihn. Die beiden wünschen sich eine gute Nacht. Voller Erwartungen auf die nächsten Tage schlafen die beiden ein.

4. Zu schön, um wahr zu sein: Das Schloss-Hotel

„Guten Morgen, Robert", mit warmer Milch und Buttercroissant weckt Fabienne ihren Liebsten. Sie selber hat schon gefrühstückt, ist angezogen und fertig zur Abreise.

„Wann bist du denn schon aufgestanden?", fragt Robert.

„Gegen sechs", antwortet Fabienne. Sie kann es kaum erwarten, loszufahren. Robert braucht erst ein paar Minuten, bis er in Schwung kommt.

Es wurde an alles gedacht, das Auto ist aufgetankt, die Koffer sind gepackt, Unterlagen und Kreditkarten eingesteckt. Robert hat am Vortag noch die Adresse des Schloss-Hotels in das Navigations-System eingespeichert. Zu seiner Verwunderung ließ sich zwar die Straße eingeben, aber nicht die Hausnummer – und die Straße wurde als „Weg-Straße" gekennzeichnet. Für Robert war das keine Tragik, denn er hatte solche Eigenartigkeiten mit dem Navi schon sehr oft erlebt. Deshalb war er nicht beunruhigt.

Es ist ein wunderschöner Frühherbsttag. Die Vögel zwitschern, die Sonne scheint. Die Fahrt verläuft problemlos und angenehm. Beide sind entspannt und Robert fährt langsam. Sollte die Fahrt vier Stunden dauern, ist das auch kein Problem. Fabienne stimmt Robert zu. Sie haben keinen Stress. Nach ungefähr drei Stunden Fahrt mit einer kurzen Rast dazwischen erreichen sie den nächstgelegenen Ort vor dem Hotel, alles ist bisher mit dem Navigations-System identisch.

„Da geht nichts mehr schief", sagt Robert und berührt Fabiennes linkes Knie. Fabienne lächelt. Die Wolken verdichten sich etwas, aber das macht den beiden nichts aus. Es sollte ja von Anfang an kein ausgesprochener Outdoor-Urlaub werden. Je näher sie der Ortschaft kommen, desto trister und grauer wird das Wetter. In den Bergen geht das schnell, das wissen Fabienne und Robert.

Gut gelaunt fahren sie oberhalb der Ortschaft vorbei, in Richtung Schloss-Hotel. Das Navigations-System bemängelt das Nichtauffinden der eingetippten Straße. Mittlerweile ist die Straße relativ eng geworden, der Asphalt in Schotter übergegangen.

„Viele Menschen kommen wohl nicht hierher", meint Fabienne.

„Sei doch froh, dann haben wir mehr vom Hotel", lacht Robert. Die Fahrt dauert noch zirka eine halbe Stunde, dann wird die Straße wieder etwas breiter. Auf einmal, Fabienne und Robert trauen ihren Augen kaum, sehen sie das Schloss-Hotel, es ist ein riesiges Anwesen. Es thront rechter Hand auf einer Anhöhe. Die Sonne kommt leicht durch die Wolken werfen Schatten auf die gewaltigen Dächer, Türme und Trakte des Schloss-Hotels.

„Ich fasse es nicht. Es ist unglaublich schön", ruft Fabienne. Auch Robert ist überwältigt.

Alt, luxuriös und mehr als gediegen liegt das „Schloss-Hotel" nun vor ihnen. Sie fahren zum Haupteingang vor und parken links davon. Erst mal ankommen, auspacken, Luft und Energie tanken. Es ist ein überwältigender Anblick. Das Schloss hat auf der Vorderseite insgesamt vier Türme. Zwei größere außen und zwei kleinere innen. Die Türme haben ausladende Erker. Alle mit kleinen, offensichtlich alten Glasfenstern. Es gibt einige alte, schwer wirkende Holztore und ein großes Haupttor. Rechts und hinter dem Schloss sind uralte Bäume zu sehen, die wohl zu einem Park gehören. Pure Natur grenzt links ans Schloss an: dichte Wälder in satten Farben. So ein Anblick bleibt einem für immer in

Erinnerung. Wetter, Licht, Stimmung, alles scheint zusammenzupassen. Robert umarmt Fabienne und drückt sie, beide sind überglücklich.

„Ich liebe dich, mein Ritter, komm, lass uns unsere Burg betreten", sagt Fabienne lächelnd.

„Burg? Wir haben sogar ein ganzes Schloss", meint Robert schmunzelnd, nimmt Fabienne an der Hand und sie betreten das Hotel durch den Haupteingang. An der Rezeption begrüßen sie drei Angestellte mit einem gewinnenden Lächeln. Die beiden Männer sind etwa so groß wie Robert, sportlich, schlank, tragen schwarze Hosen, schwarze, glänzende Schuhe, weiße Langarmhemden und rote Fliegen. Beide sind südländischen Typs mit etwas längeren, zurückgekämmten, gepflegten Haaren. Die Frau ist kleiner, vom Typ eher wie Fabienne. Sie trägt einen Zopf, ist sehr hübsch, schlank, mit größerer Oberweite. Sie trägt einen kurzen, engen, schwarzen Rock, eine weiße Kurzarmbluse, rote Strümpfe und rote, glänzende Schuhe mit ganz leichten Absätzen. Das Personal ist eine wahre Augenweide, denken Robert und Fabienne.

Die schon von außen erkennbare Gediegenheit des Schlosses zieht sich auch innen fort. Die Steinböden sind mit Mustern und Wappen versehen, in Nischen stehen Ritterrüstungen. Überall dicke Teppiche und bequeme Fauteuils, die zum Hinsetzen einladen. Es gibt Lifte und breite Treppen zu den anderen Trakten des riesigen Anwesens. Es hallt nicht so stark wie man annehmen würde, denn die Teppiche und Möbel dämmen die Geräusche stark ab. Fabienne und Robert sind begeistert von dem, was sie sehen.

Auf die Frage, wie man zum Gästeparkplatz kommt, erhält Robert die Antwort, dass er durchaus neben dem Eingang stehen bleiben kann. Wenn es wirklich nötig sein sollte, den Wagen umzuparken, würde man ihm Bescheid sagen. Auch das gefällt den beiden auf Anhieb. Was für ein Service, unglaublich!

Nach dem Einchecken beschließen die beiden, den Treppenaufgang zu nehmen. Sportlich, wie sie sind, die kleinen Koffer nicht schwer, freuen sie sich, gleich einiges vom Schloss zu sehen. Die massive, mit Teppichläufern belegte Steintreppe ist beeindruckend. Bis in den fünften Stock zu gelangen, ist eine sportliche Herausforderung.

Robert sperrt schließlich die Tür auf und sie betreten ihr Zimmer oder besser gesagt Suite, denn es gibt einen Vorraum, ein Wohnzimmer, einen riesigen Schlafraum, ein romantisches Badezimmer mit Whirlpool und eine separate Toilette. Fabienne ist vom Badezimmer total begeistert. Diese Mischung aus alt und neu hat es ihr angetan. Robert zieht die Vorhänge auf, um nach draußen zu blicken. Die vielen kleinen Fenster haben offensichtlich noch alte, mundgeblasene Fensterscheiben. Dadurch wirkt draußen alles etwas verschwommen und verzerrt.

Fabienne umarmt Robert, sie ist glücklich und meint, er hätte das wirklich einzigartig hinbekommen. Dafür gibt es „Pluspunkte". Robert ist happy, den er hat mit Fabienne vereinbart, dass „Pluspunkte" für Dinge einzulösen sind, auf die Fabienne nicht so sehr steht. Robert weiß schon ganz genau, wie er diese „Pluspunkte" einlösen wird. Fabienne dreht sich um, und als Robert auf ihren unglaublich schön geformten Po sieht, weiß er schon, wie er die Punkte einlösen will.

Robert öffnet die Fenster und ruft Fabienne.

„Du wirst es nicht glauben", sagt er, als Fabienne aus dem Badezimmer kommt. Beiden stockt der Atem. Der Ausblick ist unbeschreiblich. Sogar das grau-triste Wetter muss hier so sein, sagt Robert, während ein paar Sonnenstrahlen den Weg durch die hoch liegenden Nebelfelder finden. Gegenüber, an der anderen Talseite, ungefähr einen Kilometer entfernt, sind massive Felsformationen zu erkennen, dahinter in der Ferne einige Bergspitzen. Grünflächen durchziehen in fast regelmäßigen Abständen die Felsen. So ein Grün haben beide noch nie gesehen – unglaublich satt und saftig. Kleine Wasserfälle schießen einige hundert Meter abwärts. All das wirkt direkt irreal, wie von einer Postkarte.

Die ausgedehnten Wälder im Tal reichen fast bis zum Schloss herauf – Wälder mit grünen und rot-braunen, schon herbstlich anmutenden Blättern. Ein wunderbarer Anblick. Und dazu die Geräusche der Natur – Vogelgezwitscher, das Rauschen der Wasserfälle, das Rascheln der Blätter. Fabienne und Robert haben beide einen ausgeprägten Sinn für die Natur und können diesen Ausblick deshalb besonders genießen.

Mit geschlossenen Augen atmen sie tief ein und aus. Wie gut das Körper, Geist und Seele tut. Hand in Hand stehen sie an den geöffneten Fenstern. Für ihr Vorhaben, ihre Beziehung auf neue Beine zu stellen, ist dieser Ort ideal, denkt jeder für sich.

Als sie die Augen wieder öffnen, erscheinen die gegenüberliegenden Felsen nun in einer anderen Farbe.

„Die durchziehenden Nebelschwaden werden es sein, zusammen mit den Sonnenstrahlen", versucht Robert eine technische Erklärung.

„Aha", meint Fabienne.

„Darum wirken die Felsen nun eher rötlich, wie bei Sonnenuntergängen, bei denen Felsen diverse Farben annehmen können", erklärt Robert weiter. Er stimmt jedoch Fabienne zu, dass die Felsen, auch die Blätter im Wald, nun eine andere Farbe haben: Sie sind ganz und gar rot.

„Ich liebe die Farbe Rot", sagt Fabienne und küsst Robert auf den Mund.

„Ich auch, mein Liebling", erwidert Robert.

An diesem Abend wollen die beiden rasch das Dinner zu sich nehmen, um danach noch einen Spaziergang durch den Park zu machen. Große Esser sind sie beide nicht. Als sie durch den Flur schlendern, bemerken sie, dass es am Ende einen „Großen Schlosssaal" gibt. Leider ist er versperrt. Zu gerne hätten die beiden gesehen, was sich darin verbirgt und wie dieser „große Saal" von innen aussieht. Fast am anderen Ende des Flurs angelangt, sehen die beiden, wie ein Angestellter mit einem großen Beistellwagen vor der Saaltür anhält und diesen abstellt.

Der Angestellte kehrt um und Fabienne und Robert – neugierig wie sie immer schon waren – sehen nach, was sich auf dem riesigen Wagen befindet. Es ist poliertes Silberbesteck für zirka zwanzig Personen. Außerdem schwere Kristallgläser, die wohl ein Vermögen gekostet haben, genauso wie die riesigen Porzellanteller. Und rote Stoffservietten und wunderschöne, uralte Weinkaraffen.

„Da gibt es etwas zu feiern", meint Robert.

„Ja, scheint so", sagt Fabienne.

Sie betreten den Dinner-Saal, der ein edles, gediegenes Flair verbreitet, die Atmosphäre ist entspannt und äußerst angenehm.

Nur wenige Tische sind besetzt. Etwas eigenartig, aber doch auch angenehm.

„Die haben es hier nicht nötig, auf Massentourismus zu setzen", bemerkt Fabienne. „Du wirst ein halbes Vermögen für die Zeit hier bezahlt haben müssen, mein Schatz, danke!"

Robert verschweigt, dass er keinen Cent bezahlt hat – offenbar durch einen Fehler im hoteleigenen Buchungssystem. Insgeheim muss er natürlich immer noch darüber schmunzeln. Alles sei hier perfekt, findet Robert. Die beiden gönnen sich ein luxuriöses Fünf-Gänge-Menü. Kleine, exquisite Portionen werden serviert. Fabienne probiert meist nur von den Tellern, sie ist nicht sehr hungrig.

Die anderen Gäste verlassen ziemlich bald den Dinner-Saal.

„Komische Leute", meint Fabienne.

„Na ja, da gehören wir dann wohl auch dazu", sagt Robert. Als ein Angestellter am Tisch vorbeikommt, fragt ihn Robert, ob denn im großen Saal im fünften Stock eine Feier anstünde, denn es gäbe offensichtlich Vorbereitungen hierzu. Sie hätten wohl hoffentlich keinen Lärm zu erwarten?

„Ja, einer unserer sehr wohlhabenden Stammgäste wird hier die Übergabe an die nächste Generation feiern. Aber bitte machen Sie sich keine Sorgen, Sie werden so gut wie nichts davon merken. Es wird nur ein kleiner, exquisiter Personenkreis erwartet", erzählt der gut aussehende, überaus freundliche Angestellte. Fabienne dreht sich kurz nach ihm um und blickt ihm in den Schritt – so erscheint es zumindest Robert.

„Gefällt er dir? Gib es zu, du willst ihn haben."

„Spinnst du!", entgegnet Fabienne entrüstet und lachend zugleich und errötet leicht.

„Ich merke es immer ganz genau, wenn dich etwas erotisch anmacht – und das war genau jetzt der Fall. Ist doch okay, Fabienne, wir holen uns Ideen und Hunger, essen aber daheim", sagt Robert schmunzelnd.

„Das hoffe ich für dich, mein Liebster", antwortet Fabienne und schickt ihm einen Kuss über den Tisch.

Nach dem Essen zieht sich Fabienne für den abendlichen Spaziergang noch um. Robert wartet währenddessen draußen vor dem Anwesen und stellt fest, dass offensichtlich ihr Handynetz hier keinen Empfang hat. Das kommt ihm eigentlich ganz gelegen, da die beiden sowieso vereinbart hatten, in diesen Urlaubstagen auf Smartphone & Co zu verzichten. Nichts und niemand wird ihren Liebesurlaub und ihre Zweisamkeit stören. Als Fabienne kommt, machen sie sich auf zu ihrem Spaziergang durch den Park. Wie zwei frisch Verliebte, mal eng umschlungen, dann Hand in

Hand, gehen sie den Weg entlang. Es ist eine wirklich tolle Anlage, weitläufig und offenbar sehr gepflegt. In der Ferne sehen sie einen Gärtner, der Laub kehrt.

„Ich liebe dich, Fabienne, ich freue mich riesig, dich an meiner Seite zu haben. Ich möchte immer alles richtig machen, damit du für immer bei mir bleibst."

„Keine Sorge, Liebster, mir geht es genauso, ich liebe dich ebenso ganz innig."

Die Köpfe aneinander gelehnt, schlendern sie durch den Park, als Robert eine Abzweigung in den Wald hinein, hinunter in Richtung Talgrund, entdeckt.

„Du willst doch nicht etwa hier runtergehen", sagt Fabienne entsetzt.

Robert möchte gerne dem Weg hinunter folgen, aber Fabienne nicht, außerdem hat sie absolut unpassendes Schuhwerk an.

„Wie kannst du nur diese Schuhe für einen Waldspaziergang anziehen", sagt Robert genervt.

„Du kannst ja gehen; wir haben eigentlich gesagt, wir gehen in den Park spazieren, von einer Bergtour war nicht die Rede", entgegnet Fabienne ärgerlich.

Zwar Hand in Hand, aber mürrisch, beenden die beiden ihren Spaziergang durch den Park. Vielleicht waren die Erwartungen an dieses Wochenende doch zu hoch. Wegen solcher Kleinigkeiten kann doch die Stimmung nicht gleich im Keller sein, denkt Fabienne. Robert betrachtet die Situation etwas nüchterner, ist aber auch verärgert. Er befürchtet, dass die Chance auf eine erotische Nacht damit vorbei ist. Wenn es ums Bett geht, können vermeintliche Kleinigkeiten plötzlich riesige Wellen schlagen. Wer kennt das nicht, denkt Robert.

Beide sind schon müde, die letzte Nacht hatten sie unruhig geschlafen, dann die lange Anreise. All das hat eine Banalität in einer Zankerei enden lassen. Robert ist sauer, Fabienne ebenso. Sie verschwindet relativ rasch unter der Bettdecke und wünscht ihm eine gute Nacht. Robert sieht beim Fenster hinaus und genießt nochmals den Ausblick, auch wenn es mittlerweile draußen schon dunkel ist. Dann öffnet er die Flasche Rotwein, die als Geschenk auf einen Tisch in ihr Wohnzimmer gestellt wurde. In Gedanken versunken, gießt er sich ein Glas nach dem anderen ein. Da er nicht wirklich an Alkohol gewöhnt ist, ist er bald betrunken und fällt schließlich etwas benebelt ins Bett.

Robert wird wach, als es dämmert. Er hat Kopfschmerzen und ist verkatert. Er sieht etwas Rotes durch die Fenster schimmern. Er reibt sich die Augen und steht auf, um besser sehen zu können. Sein Blick ist verschwommen, er kann nichts Genaueres erkennen. Nochmals reibt er sich die Augen.
„Was zur Hölle ist das? Brennt es?", murmelt er.
Fabienne murrt nur und bittet Robert, sich wieder zu ihr zu legen. Es scheint alles wieder vergessen und gut zu sein. Es war auch nicht wirklich etwas passiert. Robert erzählt ihr von dem roten Schimmer, es dürfte gegenüber in der Felswand und im Talgrund brennen: „Es blitzt und funkelt rot, das ist nicht normal."

Fabienne beschwört ihn, er soll doch endlich wieder in das Bett kommen: „Du hast nur zu viel getrunken. Schlaf dich aus! Abgesehen davon, was soll in einer Felswand brennen?"

Robert sieht nochmals hinaus und glaubt, rot schillernde Gestalten zu sehen, die durch die Felswand abwärts und durch den Talgrund in Richtung Schloss reiten. Auch Stimmen oder Gesänge meint er zu hören.

„Was, verdammt noch mal, ist das, was geht denn hier vor?", murmelt er vor sich hin, ehe er zurück ins Bett geht, sich zu Fabienne kuschelt und wieder einschläft.

5. Hoffnungslos verfallen: Die Begegnungen

Am Morgen geht es Robert natürlich schlecht. Fabienne hat keinerlei Mitleid mit ihm. Sie will, dass er endlich aufsteht. Es ist bereits halb zehn und der halbe Vormittag schon vorbei, meint Fabienne. Sie sprechen nicht darüber, was Robert in der Morgendämmerung gesehen hat.

Nach dem Frühstück planen sie, dass Fabienne als bekennende Leseratte den restlichen Vormittag in dem angeblich außergewöhnlichen Leseraum verbringen und Robert indes den Wellnessbereich erkunden wird. Auch um sich vom gestrigen Alkoholkonsum zu erholen. Nach dem Mittagessen wollen sie den Nachmittag gemeinsam in der Natur verbringen. Fabienne verspricht, festeres Schuhwerk anzuziehen, um für Wanderwege besser gewappnet zu sein. Schließlich ist auch sie eine begeisterte Naturliebhaberin. Robert ist froh darüber und küsst seine Liebste. Alles ist wieder in Ordnung und die beiden umarmen sich innig. Gestern war eben auch ein wirklich anstrengender erster Tag gewesen.

Fabienne öffnet leise und erwartungsfroh die Tür zum Leseraum. Sie ist überwältigt von dem Anblick, der sich ihr bietet: hohe Decken mit Malereien, Stuckarbeiten und prächtigen Lüstern, an den Wänden neben unzähligen Bücherregalen riesige Bilder mit dicken goldenen Rahmen und Tapisserien. Auf dem Boden wertvolle, weiche Teppiche. Es wirkt alles sehr, sehr edel. Fabienne freut sich ungemein, hier lesen zu dürfen. Die Bücherregale enthalten wohl viele tausende Exemplare. Massive faltbare Trennwände teilen die einzelnen Leseerker voneinander ab, in denen jeweils ein oder zwei riesige Ohrensessel, mit weichem Stoff bezogen, stehen. Fabienne sieht da und dort Beine unter den Trennwänden und hört ab und an ein Räuspern oder Flüstern. Ein sehr angenehmer, stimmiger Raum, findet Fabienne. Raum ist eigentlich untertrieben, aber man muss hier in Schlossdimensionen denken. Das Licht ist gedämpft, aber sehr warm und angenehm.

Fabienne stöbert leise in den Regalen, um ein passendes Buch zu finden. Sie freut sich schon riesig aufs Lesen. Dann sucht sie sich einen Leseerker: Alle haben kleine Fenster, mit alten und grauen, ebenfalls mundgeblasenen Scheiben. Perfekt, denkt sich Fabienne. Hier stehen einander zwei große Ohrensessel gegenüber, in der Mitte ein Tischchen mit zwei grün-goldenen Leselampen. Wenn Fabienne sich einen Leseplatz schaffen dürfte, so würde dieser nicht viel anders aussehen als dieser. Ein Grund mehr für Fabienne, genau hier Platz zu nehmen, er ist von außen auch kaum einsehbar. Sie legt ihre Weste auf den Ohrensessel gegenüber, stellt die mitgebrachte Wasserflasche, aus der sie zuvor noch einen großen Schluck trinkt, auf den Tisch. Nachdem sie ihr Buch aufgeschlagen hat, zieht es sie sofort in ihren Bann. Es ist ein historischer Roman. Es sind noch gut zwei Stunden Zeit bis zum Mittagessen. Fabienne bemerkt, dass gelegentlich die Lichter leicht flackern, die Türen knarren und generell eine etwas mystisch-schaurige Stimmung herrscht. Perfekt passend zu ihrer Lektüre! Genauso stellt sie sich die damalige Zeit vor. Fabienne streift ein Luftzug, ein Schauer jagt über ihren Rücken. Sie zieht die Weste an und trinkt aus der Wasserflasche, die sie dann neben dem Tisch auf den Boden stellen will. In diesem Moment droht die noch offene Flasche umzukippen, wenn da nicht eine Hand wäre. Eine Hand, welche die Flasche noch genau im richtigen Augenblick hält und wieder aufstellt.

„Danke sehr", sagt Fabienne laut, worauf ein „Psst" im Raum erklingt. „Danke sehr", flüstert Fabienne nochmals und kann nun die Hand der fremden Person genau sehen.

Es ist eine kräftige Hand. Eine unberingte und sehr gepflegte Hand mit wunderschönen Fingern und weißen Fingernägeln. In diesem Augenblick tritt der Fremde auch schon hervor, er hält ebenso ein Buch in Händen und trägt einen Pullover um die Schultern gelegt.

„Ist hier noch frei? Ich sitze – wenn ich in diesem Schloss urlaube – immer in diesem Leseerker. Einer der schönsten und energiereichsten Plätze hier, finde ich", sagt der große fremde Mann ganz leise, um die restlichen Gäste nicht zu stören. Doch dann sagt er plötzlich laut: „Fabienne, bist du es?"

„Ja! Marc, kann das wirklich sein?"

„Psst", „Psst", hallt es im Raum. Marc und Fabienne lachen leise. Überrascht setzt sich Marc erst einmal hin, denn er ist überwältigt, Fabienne hier zu treffen.

„Wie geht es dir? Was tust du hier? Du siehst toll aus!" Beide sind überrascht und freuen sich sichtlich über das zufällige Aufeinandertreffen. So viele Jahre sind vergangen und nun sehen die beiden genau hier einander wieder.

„Der Zufall spielt Poker", sagt Marc lächelnd, „unglaublich."

„Hast du mich denn gleich erkannt?", fragt Fabienne.

„Na, was denkst du denn", gibt Marc zurück. Er hat Fabienne tatsächlich binnen Sekunden wiedererkannt, was Fabienne sehr imponiert. Sie erzählen sich voneinander, vom Beruf, von ihren Partnern, von den Beweggründen, hier zu urlauben, und noch vieles mehr. Als Fabienne Marc bittet, ihr die Wasserflasche zu reichen, hält Marc Fabiennes Hand länger fest. Marc gesteht Fabienne, dass sie noch immer dieses umwerfende gewinnende Lächeln hat, genau wie früher, und dass er sie unbedingt nochmals sehen will, es gäbe so viele Fragen. Fabienne weiß nicht, wie ihr geschieht. Sie kann die Situation noch nicht einordnen, schon gar nicht beurteilen. Als ob sie es nicht selber wäre, willigt Fabienne ein, Marc wieder zu treffen. Marc sagt, er werde heute Abend nach dem Dinner hier auf sie warten. Dann sieht Fabienne auf die Uhr.

„Das kann nicht sein, es ist bereits eine Stunde vor dem Dinner", sagt Fabienne seufzend. „Wie konnte ich die Zeit dermaßen übersehen, das gibt es doch nicht."

Wie lange haben die beiden miteinander gesprochen? Wie lange hat Fabienne alleine gelesen? War sie zwischendurch eingeschlafen? Wohin sind all die Stunden? Fabienne springt auf und verlässt hastig den Raum.

Zur selben Zeit als Fabienne den Leseraum betreten hat, öffnet Robert die Tür zum Wellnessbereich. Er ist schon ziemlich gespannt, was ihn erwartet. Er hofft, dass nicht allzu viele Leute anwesend sind. Auf den ersten Blick scheint das nicht der Fall zu sein. Es ist wohlig warm und sehr dunstig, man sieht kaum die eigene Hand vor den Augen. An den reich ornamentierten Fliesen- und Steinböden erkennt Robert die Gediegenheit dieser Oase. Er ist glücklich darüber, hier die Zeit bis zum Mittagessen verbringen zu dürfen. Abgesehen von seinem noch leicht vorhandenen Kater fühlt er sich wohl. Robert nimmt ein paar Gäste wahr. Es ist sehr ruhig und angenehm. Er versucht erst einmal, sich zurechtzufinden, was in dem Nebel nicht leicht ist.

Robert passt genau auf, wohin er tritt. Ein blubberndes, recht warmes Thermalbecken mit massivem Dampf hat es Robert angetan. Er braucht die Entspannung und steigt sofort in das eher kleine Becken. Er watet vorerst einige Schritte und setzt sich dann auf eine abgerundete Stufe im Becken. Bis zur Brust im grüngelben Wasser, lehnt sich Robert zurück und legt seinen Kopf auf den Rand. Es ist reiner Genuss, es ist Luxus, hier zu relaxen, denkt Robert. Er hat sich das auch redlich verdient. Er massiert seine Oberarme, lehnt sich wieder zurück und schließt die Augen. Robert kümmert sich nicht darum, ob andere Menschen ins Becken kommen oder es verlassen. Er versucht sich tief zu entspannen und atmet langsam und genussvoll ein und aus. Dadurch kommt er zur inneren Ruhe, legt jeglichen Stress ab und gelangt immer mehr in einen tiefenentspannten, tranceartigen Zustand. So tankt Robert Kraft für den anstrengenden Berufsalltag. Auch jetzt will er Kräfte sammeln, um fit für den Beruf, aber vor allem für eine intensivere und erfüllende Beziehung mit Fabienne zu sein. Mittlerweile will auch er eine Familie mit ihr gründen und sie heiraten. Robert spürt die prickelnden Luftblasen aus den Sprudeldüsen, während er langsam seine Schultern hebt und kreist.

„Hallo", sagt eine leise Stimme.

„Hallo", sagt auch Robert.

„Es ist eines der besten Becken im Wellnessbereich, finde ich", hört Robert.

„Ja, mehr als wohltuend", erwidert er, öffnet kurz die Augen und erkennt neben sich einen schlanken Frauenkörper. Robert schließt erneut die Augen, dann hört er ein wohliges Stöhnen von der fremden Frau. Nun stellt es ihm die Haare im Nacken auf. Er kennt diese Stimme, er kennt diese Art zu stöhnen, kennt er diese Frau? Robert blickt neben sich und traut seinen Augen nicht.

„Cynthia, bist du es, Cynthia?"

„Ja, warum? Wer will das wissen?"

„Ich bin es, Robert, Robert von früher, es ist schon viele Jahre her, kannst du dich erinnern? Wir trafen uns in einer Bar neben der Universität."

„An die Bar kann ich mich nicht mehr wirklich erinnern, aber wenn du der bist, von dem ich glaube, dass du es bist, dann müsstest du dich an die Rückseite der Bar erinnern", sagt Cynthia mit einem verschmitzten Lächeln.

„Klar, erinnere ich mich." Wie ist das möglich? Warum gerade hier und warum genau jetzt?

„Unbegreiflich, dass wir beide uns hier treffen."

„Du musst es nicht begreifen, nur akzeptieren", sagt Cynthia leise.

Die beiden erzählen sich von den beruflichen Werdegängen, Cynthia über ihre erst kürzliche Trennung und Robert von Fabienne. Er erzählt auch von dem Grund des Kurzurlaubes und dass er immer wieder an Cynthia denken muss. Es scheint Schicksal zu sein, dass sich die beiden hier wiedersehen. Robert ist

47

überglücklich darüber, denn er denkt, es werde ihm endgültig helfen, Cynthia und das, was damals geschah, zu verarbeiten und zu vergessen.

„Du siehst noch immer zum Anbeißen aus", sagt Cynthia.

„Du auch." Warum hat er das gesagt? Er weiß es selber nicht.

Cynthia hatte eine längere Beziehung und ist Anwältin in einer Kanzlei. So etwas wie damals mit Robert hat sie nie mehr gemacht. Kurz darauf hatte sie ihren Exfreund kennengelernt und hat mit ihm eine glückliche Zeit verbracht. Kinder wollten sie noch keine haben. Robert freut sich, dass auch Cynthia Erfolg hat, wenngleich sie nun wieder Single ist.

„Das war schon etwas Schräges damals."

„Ja, da hast du recht", bestätigt Robert, „es war unglaublich, es war der völlige Wahnsinn."

„Für dich. Für mich war es eine spannende Erfahrung, die ich damals machen wollte. Mehr war es für mich nicht. Du schuldest mir eigentlich noch etwas", findet Cynthia.

„Du spinnst." Robert lacht. „Was soll ich dir schulden?"

In diesem Augenblick sieht Robert auf seine Uhr, eine wertvolle Omega-Seamaster, die er eigentlich im Zimmer ablegen wollte, und traut seinen Augen nicht!

„Es ist fast Dinner-Zeit, oh mein Gott, wo ist die Zeit geblieben? Ich muss eingeschlafen sein." Robert steigt hastig aus dem Becken und hört Cynthia sagen: „Ich warte heute nach dem Dinner genau hier auf dich!"

„Hier und heute nach dem Dinner, wie soll das gehen?"

„Genau wie ich es dir gesagt habe, hier und heute nach dem Dinner." Robert verlässt überhastet den Wellnessbereich.

6. Wahrheit vs. Lüge: Die Begierde siegt

Fabienne und Robert eilen gleichzeitig auf ihr Zimmer im fünften Stock des Schloss-Hotels. Vor der Tür treffen sich die beiden.

„Bitte entschuldige, ich habe die Zeit so was von …", ruft Robert.

„Du auch?", fragt Fabienne mit unsicherer Stimme. Sie können sich beide nicht vorstellen, wie das passieren konnte. Robert denkt, er wäre eingeschlafen. Fabienne ist derselben Meinung. Nur so und nicht anders können sie sich das erklären. Was jeder inzwischen erlebt hat, verschweigen sie. Es ist Fabienne und Robert total peinlich. Nicht unbedingt die jeweiligen Zusammentreffen, denn es geschah nichts weiter, sondern dass sie die Zeit übersehen haben. Sie wollten den Nachmittag gemeinsam in der Natur verbringen. Jetzt ist es bereits Abend geworden.

Schließlich machen sich beide bereit für das Dinner. Fabienne ist ebenso hungrig wie Robert. Fabienne trägt ein enges, graues Minikleid, halterlose schwarze Strümpfe und schwarze Stöckelschuhe. Außerdem ihre anthrazitfarbene Designerkette und dazupassende Ohrringe. Die dunkelroten Nägel und Lippen lassen sie zusammen mit dem aufgesteckten Haar besonders erotisch wirken. Die Brille mit dunklem Rahmen rundet ihre Erscheinung ab.

Robert passt perfekt zu Fabienne in seinem hellgrauen legeren Anzug, einem weißen, lässigen, nicht bis oben zugeknöpften Hemd und handgemachten italienischen Schuhen. Er ist von Fabiennes Auftritt total fasziniert.

Warum um alles in der Welt erzählen sich die beiden nicht, was in der Zwischenzeit geschehen ist, wen sie getroffen haben? Es ist kaum nachzuvollziehen. Sie verstehen es in der Tat selber nicht.

Das Dinner schmeckt, sie essen langsam und voller Genuss. Sie trinken Wein und die beiden befinden sich gemeinsam in einer Art Kokon. Und dennoch: „Schatz, dir hat es heute offensichtlich mehr als nur gefallen im Wellnessbereich."

„Ja, es war tatsächlich recht angenehm, wirklich eine Oase der Entspannung."

„Soll ich dich nach dem Dinner in den Wellnessbereich begleiten?", fragt Fabienne.

„Danke, das ist lieb, aber ich weiß ja, dass du dir nichts aus Wellness machst. Aber ich begleite dich nach dem Essen gerne für ein oder zwei Stunden in den Leseraum, was meinst du?", fragt Robert.

„Danke, Robert, das ist sehr nett von dir, aber ich will nicht, dass du dich opferst. Es ist besser, dass du wieder in den Wellnessbereich gehst, wo dir doch so viel daran liegt."

In Wirklichkeit ist Fabienne in Gedanken bei Marc und Robert bei Cynthia und sie bemerken selbst nicht, dass sie sich in mit diesen Angeboten gegenseitig nur etwas vorgespielt haben. Jeder will die Lüge des anderen hören und bedankt sich auch noch dafür, um der eigenen Neigung nachgehen zu können. Zwei einander liebende Menschen sitzen in atemberaubender Atmosphäre beim Dinner – alle anderen würden sie beneiden – und belügen sich. Warum?

7. Bloß Sex: Pure Lust

Fabienne und Robert vereinbaren, dass Fabienne noch ein bis zwei Stunden in den Leseraum geht und Robert in den Wellnessbereich. Sie wollen sich jedoch anschließend im Zimmer treffen, um gemeinsam noch den Abend ausklingen zu lassen. Weder Robert noch Fabienne fühlen sich wohl in ihrer Haut. Dagegen anzukämpfen wäre sinnlos, bilden sich beide ein. Beide rechtfertigen sich insgeheim, dass sie den schönen Kurztrip nicht zerstören wollen und diese Treffen nur helfen sollen, die Vergangenheit endgültig ruhen lassen zu können. Robert atmet nochmals tief durch und öffnet die Tür zum Wellnessbereich. Alles ist ruhig, niemand zu sehen. Robert sieht sich um, als plötzlich Cynthia vor ihm steht.

Sie hat einen kurzen weißen Bademantel an, sieht Robert in die Augen, dreht sich um und geht zu einer der großen und komfortablen Umkleidekabinen.

„Komm", sagt sie.

Wie ferngesteuert fährt sich Robert durch die Haare und folgt ihr. Er zieht sein Sakko aus und legt es ab. Spannung liegt in der Luft. Ohne weiteren Kommentar steigt Cynthia auf die etwas erhöhte, gepolsterte Bank und geht hinunter auf alle viere. Wie eine Raubkatze, wie damals hinter der Bar. Robert sieht sich nun in der Position, in der er damals auch hätte sein wollen, hinter Cynthia.

„Wo sind wir stehen geblieben?", fragt Cynthia. Ihr weißer Bademantel ist so kurz, dass Robert ihren Po gut sehen kann.

„Du siehst umwerfend aus, Robert, du bist eine Sünde wert."

Robert schluckt, sein Penis ist mittlerweile prall und steif.

„Was hättest du damals noch mit mir anstellen wollen?"

„Ich wäre hinter dich getreten, hinter den Tisch und hätte dich ordentlich genommen", keucht Robert.

„Dann lass uns genau dort weitermachen. Wir haben uns, seitdem wir hier sind, noch nicht berührt, nicht mal die Hand haben wir uns gegeben. Die erste Berührung soll mit deinem Penis sein."

„Wie meinst du das?", fragt Robert.

„Ich will, dass du mich nicht zuerst mit deinen Händen berührst. Ich will, dass unser erster Kontakt der ist, dass deine pralle Eichel zwischen meine feuchten, heißen Schamlippen fährt."

„Du Luder", ächzt Robert und öffnet seine Hose. Sein riesiger Penis klappt sofort hervor. Cynthia hält ihm das Hinterteil entgegen, öffnet ihre Beine noch etwas, drückt ihren Rücken durch, wie eine rollige Katze, blickt zur Seite, damit Robert auch ihr luderhaftes Gesicht sehen kann. Sie öffnet ihren Mund und kreist mit der Zungenspitze über ihre satten, vollen Lippen. Robert legt beide Hände auf seinen Rücken, um Cynthias Wunsch Folge leisten zu können.

Er tritt vor, sein Penis ist bereit, um in Cynthias Vagina einzudringen. Er keucht.

„Hey, halte dich zurück", stöhnt Cynthia. Roberts Penis berührt Cynthias innere Schamlippen. Seine Eichel ist nass und klebrig von den ersten Tropfen der Lust.

Robert schiebt sein Becken vor und drückt seine dicke, massive Eichel fest zwischen ihre Schamlippen in die Vagina hinein.

„Ahh-ahh-ahh", stöhnt Cynthia.

Sie ist es nicht gewöhnt, dass schon eine Eichel ihre Vagina dermaßen dehnt. Sie beginnt zu zucken, noch bevor Robert seinen Schaft in ihre nasse, weiche, heiße Pforte bohrt. Robert fährt sich keuchend durch seine Haare. Es tropft auf seine handgemachten italienischen Schuhe, und er drückt seinen Penis noch weiter in Cynthia hinein, immer wieder. Cynthia bebt in einem Orgasmus, wie ihn sich jede Frau nur wünschen kann.

Roberts Hodensack pumpt auf und ab, und sein Sperma ergießt sich in Cynthia. Robert bewegt sich nicht mehr. Sein Penis ist bis auf den letzten Zentimeter in ihr. Es ist unfassbar, dass ihn Cynthia völlig in sich aufnehmen kann.

Robert stöhnt und zieht dann sein Glied heraus. Sie legt ihren Kopf in den Nacken und schüttelt die Haare.

„Mir mit so wenig Aufwand einen derartigen Orgasmus zu bescheren, das kannst wirklich nur du, Robert."

„Ach was, Blödsinn … Was haben wir nur getan? Warum bin ich schon wieder auf dich reingefallen?! Ich könnte mich ohrfeigen", schreit Robert. Cynthia meint, dass es einfach hätte sein müssen. Es braucht ja niemand davon zu erfahren!

„Natürlich muss ich es Fabienne sagen, sie wird sich von mir trennen, du Miststück."

„Hey, hey, hey, halt, du kleiner Spinner, ich habe dich zu nichts gezwungen, das ist dir hoffentlich klar, und wenn du es deiner Freundin sagen musst, dann ist das dein Problem, nicht meines! Ist das klar?"

Cynthia sagt, es wäre besser, Fabienne nichts davon zu erzählen. Sie will auch nichts von Robert. Auch sie hat es einfach nur erotisch gefunden, das zu Ende zu bringen, was sie damals hinter der Bar eben nicht geschafft hätten. Nicht mehr, auch nicht weniger. Robert zieht sich schleunigst an und verschwindet.

Etwa zur selben Zeit betritt Fabienne den Leseraum. Sie ist ziemlich aufgeregt, blickt auf ihr eng anliegendes Minikleid und ihre Stöckelschuhe, richtet sich die Kette, fährt sich über die blonden Strähnen. Zielstrebig geht sie zum Leseerker, der nun durch eine schwere, faltbare Trennwand fast komplett verschlossen ist. Fabienne möchte gerade umkehren, als Marc hervorblickt.

„Komm, ich habe uns eine Flasche Wein mitgebracht. – Du siehst einfach phänomenal aus, du bist die schönste Frau auf Erden", schmeichelt Marc.

Fabienne überlegt nicht lange und betritt den Erker. Eine warme, sanfte Stimmung umgibt sie. Gedämpftes Licht, leise Musik, nur wenige andere Gäste scheinen hier zu sein. Fabienne nimmt Marc gegenüber Platz, er schenkt den Wein ein und reicht Fabienne ein Glas. Sie schlägt ihre schlanken Beine übereinander. Das Kleid rutscht etwas nach oben, sodass Marc die Abschlüsse ihrer halterlosen Strümpfe erkennen kann.

Er tut aber so, als ob er sie nicht sehen würde. Trotzdem muss er immer wieder hinsehen. Die beiden unterhalten sich über den Abend am Campus-See.

„Was hast du dir damals erwartet, Marc?"

„Ich habe mir an diesem Abend erwartet, dass du mir sagst, dass du nicht nur Sex mit mir willst, sondern dass du mich wirklich nett und liebenswert findest und mich wirklich näher kennenlernen möchtest. Genau das habe ich mir erwartet. Es kam aber nichts von dir! Weder an diesem Abend noch die Tage darauf."

„Ich war zu schüchtern, hatte nicht den Mut und zu wenig Selbstbewusstsein. Ich habe mir nicht zugetraut, mit dir eine Beziehung anzufangen. Ich wäre doch an deiner Seite untergegangen", bekennt Fabienne.

„Untergegangen? – Und jetzt?"

„Jetzt wäre das nicht mehr der Fall, aber es ist zu spät. Ich liebe Robert und ich will mit ihm zusammenbleiben. Ich will eine Familie und Kinder. Ich bin glücklich und will noch glücklicher werden."

„Okay, das ist für mich niederschmetternd, aber ich akzeptiere deine Entscheidung, weil ich dich respektiere. Das tat ich immer schon, du mein Mauerblümchen. Du kleine, mittlerweile wunderschöne und große, unschuldige Fabienne. Du bist so unverbraucht, so jugendlich, so sexy, einfach zum Anbeißen", muss Marc zugeben. „Unser Treffen bleibt ein Geheimnis, okay?"

„Okay, das will ich auch." Fabienne ist froh. Sie weiß genau, egal was passiert, dieses Treffen wird ihr helfen, mit der Vergangenheit abzuschließen. Es braucht genau diesen Abend, um zukünftig frei zu sein.

„Was hast du dir am Abend am See gewünscht?", fragt Marc.

„Ich weiß nicht, ich denke, ich wäre bereit gewesen."

„Bereit? Bereit wofür?"

„Bereit, mit dir Sex zu haben, richtigen Sex. Aber du wolltest offensichtlich nicht."

„Ich wollte nicht, weil ich mehr als das von dir wollte", entgegnet Marc.

„Ich weiß, mehr gibt es aber nun nicht mehr."

Die beiden stoßen leise mit ihren Weingläsern an und lächeln sich zu. Die Atmosphäre ist entspannt. Nicht gezwungen, nicht gekünstelt, überhitzt oder unterkühlt. Einfach nur schön!

„Fabienne, nimm bitte dein Glas Rotwein und stell dich vor mich hin. Bitte. Ich möchte dich ansehen. Ich will dich von oben bis unten ansehen."

„Okay."

Fabienne nimmt ihr Glas, steht auf, schiebt ihren weichen Ohrensessel nach rechts und stellt sich im Abstand von gut zwei Metern vor Marc. „Was nun?"

„Ich genieße es, dich anzusehen und zu wissen, was noch kommt. Ich sehe uns beide schon in dreißig Minuten."

Fabienne lächelt. „Du Spinner, du weißt gar nichts. Was soll denn in dreißig Minuten sein, was siehst du?"

„Fabienne, darf ich jedes Tabu fallen lassen?"

Fabienne weiß, dass dieser Abend der letzte mit Marc ist und dass sie ihn nicht mehr wiedersehen wird und auch nicht wiedersehen will. Sie braucht das Ende der damals am See begonnenen Geschichte, um sie abschließen zu können. Sie will nur ihren Robert, nur mit ihm will sie eine Zukunft.

„Ja, wir lassen jedes Tabu fallen. Nur heute, nur jetzt und hier", sagt Fabienne mit ganz leiser, erotischer und zärtlicher Stimme. Als Fabienne ihre Brille absetzen will, bittet Marc sie, das nicht zu tun. So steht sie nun vor Marc. In ihren Stöckelschuhen, im engen Minikleid, mit den halterlosen Strümpfen, der wunderbaren Kette, ihren Ohrringen, ihrer dunklen Business-Brille, den blonden, feinen, hochgesteckten Haaren und den zwei hellblonden Strähnen. Mit ihren dunkelroten Fingernägeln und Lippen.

„Was ist nun in dreißig Minuten, Marc? Was siehst du? Du hast mir noch keine Antwort gegeben", sagt Fabienne.

„Ach Fabienne, du bist so schön, so unschuldig, so rein und sauber und gut duftend! Du bist eine Göttin!"

„Was siehst du?", fragt Fabienne nochmals. „Oder soll ich wieder gehen?"

„Okay, okay, also ich sehe, dass du in dreißig oder sechzig Minuten von hier weggehen wirst."

„Dafür brauche ich aber keine Hellseherin zu sein, Marc, oder?"

„Du hast recht, dafür nicht, aber ich sehe auch, dass ich – bevor du gehst – alle deine Körperöffnungen vernünftig geleckt haben werde. Ich sehe, dass ich – während ich deine Klitoris massiere – anal in dich eindringe. Ich sehe, dass ich meinen Penis – nachdem ich immer und immer wieder in deine Vagina eingedrungen bin – in deinen Mund stecke und du mich oral verwöhnst. Das sehe ich."

„Du perverses Schwein", sagt Fabienne lachend. „Ich habe in meinem ganzen Leben noch keinen Penis in meinem Mund gehabt und schon gar nicht habe ich einen Penis in meinen Po gelassen, du Träumer. Du denkst doch nicht im Ernst, dass ich mich von dir für all diese Dinge benützen lasse, die noch nicht mal Robert haben durfte und nie haben wird dürfen; auch wenn er das alles auch gerne mit mir angestellt hätte."

Marc nimmt Fabienne das Weinglas aus der Hand und stellt es ab.

Er setzt sich auf den mit einem wertvollen Teppich bedeckten Boden und rutscht zu Fabienne hin, die nun zu ihm hinunterblickt. Marc schließt die Beine von Fabienne und drückt sie fest zusammen. Der Spalt zwischen den Oberschenkeln bleibt. Es genießt es, über ihre Strümpfe auf und ab zu streicheln. In Marcs Vorstellung laufen bereits all die zuvor ausgesprochenen sexuellen Fantasien ab. Er will diesen Moment einfrieren. Niemals soll er vergehen. Marc streckt seine Zunge heraus und leckt Fabiennes Strümpfe auf und ab. Fabienne beginnt flacher zu atmen und errötet leicht.

„Du Per…, du Perversling", seufzt sie, während Marc nun seine beiden ausgestreckten Beine zwischen Fabiennes steckt und somit ihre Beine spreizt. Er rutscht sitzend zwischen ihre langen schlanken Beine, die er nun noch etwas weiter spreizt. Er küsst und leckt die Innenseite ihrer Oberschenkel. Auf und ab, auf und ab und blickt nach oben zum transparenten und hautfärbigen Slip von Fabienne. Der Slip ist bereits nass und Fabienne steht wie versteinert, erregt. Marc schiebt mit seinem Kopf das Kleid etwas nach oben. Er ist mit seiner Nase direkt an ihrem Schamhügel und erkennt durch die Transparenz des Slips ihre zarten und völlig geschlossenen Schamlippen. Er atmet tief durch und nimmt den Duft ihres Parfüms und ihrer Säfte in sich auf. Marc füllt seine Lungen mit diesem Duft der Lust und leckt Fabiennes geschlossenen Spalt durch den nassen Slip. Fabienne zuckt zusammen und stöhnt leise und zaghaft, fast wie ein Engel.

Wie damals am See gleitet Marc mit einer Hand an den Innenseiten ihrer Oberschenkel nach oben und zieht ihren Slip zur

Seite. Mit seinem Daumen massiert er ihre Klitoris und öffnet mit Zeige-, Mittel- und Ringfinger Fabiennes Vagina. Wie am See bebt Fabienne erneut, es schüttelt sie richtig. Plötzlich steht Marc auf, schiebt Fabienne, die wie in Trance stöhnend zuckt, nach hinten zum Fauteuil und dreht sie um.

Schnell schiebt Marc Fabiennes Kleid einige Zentimeter nach oben und den Slip zur Seite. Er öffnet seine Hose, zieht sein pralles Glied durch Fabiennes nassen Spalt und setzt seine Eichel an der Analöffnung an. Fabienne wird in diesem Moment klar, was er vorhat. Noch bevor sie sich besinnen kann, greift Marc nach vorn zu ihren Schamlippen. Mit Daumen und Zeigefinger stützt er sich ganz oben an Fabiennes Oberschenkeln ab, um mit seinem Mittelfinger ihre Klitoris zu umkreisen. Fabienne hat einen weiteren massiven Höhepunkt, als Marc mit etwas Druck seine Eichel in ihren Po schiebt.

„Ahh, ist das geil", krächzt Fabienne, als ob sie betrunken wäre. Marc ist nicht gerade zärtlich, denn er stößt seinen Penis ziemlich hart in ihr Poloch. Immer und immer wieder klatscht Marc von hinten an ihre Pobacken. Marc fühlt sich wie im Himmel und Fabienne weiß nicht mehr, wo sie sich befindet oder wie sie sich fühlt. Sie ist nur noch voller Lust. Schließlich zieht Marc seinen Penis aus Fabiennes – nun entjungfertes – Po-Loch.

„Ganz so unschuldig siehst du nun nicht mehr aus, Prinzessin."

„Benutz mich, es ist so geil, bitte, bitte", stöhnt Fabienne. Marc legt sie auf den Fauteuil.

„Was hast du jetzt vor?", fragt Fabienne.

Er zieht ihr den Slip aus und hebt ihre Beine in die Höhe.

Marc spreizt Fabiennes lange Beine nicht, er schließt sie und drückt sie in Richtung Fabiennes Gesicht. Mit einer Hand hält er die Beine fest.

„So, Fabienne, du Schönheit. Jetzt kriegst du ihn. Tief und fest. Möchtest du, dass ich zärtlich eindringe oder soll ich kräftig zustoßen?"

„Fick mich endlich, hart, hart." Marc schiebt ihre Beine leicht zur Seite, blickt Fabienne tief in ihre großen blauen Augen, nimmt seinen Penis einige Zentimeter zurück und stößt mit einem heftigen Hüftstoß bis zur Peniswurzel in Fabiennes sehr kleine und extra enge Vagina. Ihr wird schwindelig. Rötliche Flecken erscheinen auf ihrem Dekolleté. Noch bevor Fabienne vor Lust stöhnen kann, hat Marc seinen Penis an die zwanzigmal völlig aus der engen Vagina gezogen und wieder bis zum Anschlag hineingestoßen.

„Ich werde dich schon ausweiten. Du wirst deinem Robert perfekt ein- und durchgeritten ausgeliefert", ächzt Marc lustvoll.

„Ja, ja, ja, ja, ja." Mit jedem harten Stoß kommen die beiden dem gemeinsamen Orgasmus näher.

„Ich komme, ich komme", stöhnt Fabienne.

„Ich spritze dich voll, meine Unschuldige, ah, spürst du meinen heißen Sirup in dir?"

„Ja, so gut, so warm."

Schließlich zieht Marc sein Glied aus Fabiennes tiefroter Vagina.

Schnell stellt er sich neben Fabienne und dreht ihren Kopf zu seinem Penis. Als Fabienne ihre wunderschönen Augen öffnet, hat sie bereits Marcs pralles Glied zwischen ihren Lippen und tief in der Kehle stecken.

„Ich dachte, du bläst nicht. Es gibt noch einen Nachschlag, denn ich habe etwas extra zur Nachspeise zurückgehalten. Nur, für dich mein Model, meine entjungferte Schönheit."

Fabienne ist starr vor Entsetzen und Lust. Sie ist erregt bis in ihre Haarspitzen. Marc atmet nochmals ganz tief durch.

„Sieh mich an, schau mir in die Augen, ich will dich sehen, wenn du deine erste Ladung genießen darfst, du Göttin." Marcs Penis pulsiert und er stöhnt. Drei oder vier Schwalle von seinem heißen Sperma hat er noch für Fabiennes Mund übrig. Fabienne blickt Marc tief in die Augen und sie spürt das Pumpen des Gliedes in ihrem Mund. Ihre Backen füllen sich und sie bekommt wässrige Augen.

„Schluck, Fabienne, schluck alles." Fabienne schließt die Augen und öffnet den Weg in ihre Speiseröhre. Langsam gleitet das Sperma hinunter. Sie ist überrascht über sich selber, aber glücklich. Nun zieht Marc seinen Penis aus Fabiennes Mund und tritt einen halben Schritt zurück. Er drückt seine Hoden und seinen Schaft, dabei schüttelt er den Penis über Fabienne, die immer noch auf dem Fauteuil auf dem Rücken liegt, jetzt mit gespreizten Beinen.

Aus ihrer geweiteten Vagina tropft Marcs Honig. Immer wieder schüttelt Marc seinen Penis auf die bildhübsche Fabienne. Auf ihre Brille, auf ihre Haare, auf die Innenseite ihrer traumhaften Oberschenkel, auf die halterlosen Strümpfe und auf ihr tolles Minikleid.

Schließlich schließt Marc seine Hose und Fabienne zieht wieder ihren Slip an. Sie setzen sich wieder in die Fauteuils, als ob nichts gewesen wäre. Fabienne nimmt die von Marc angebotenen Taschentücher und reinigt oberflächlich ihre Brille. Sie wischt das sichtbare Sperma weg und verreibt es auf den Strümpfen, sodass nicht mehr viel von diesen Minuten der exzessiven Lust zu sehen ist. Ihre Hautfarbe normalisiert sich, der Atem beruhigt sich. Beide stoßen mit den Weingläsern an und trinken genüsslich.

„Schau, Fabienne, all das sah ich vor circa dreißig Minuten."
Beide lachen und prosten einander nochmals zu. Sie beschließen, sich nicht mehr zu treffen, sie haben nur das zu Ende gebracht, was damals am See begann. Fabienne steht auf, reicht Marc die Hand, verabschiedet sich und wünscht ihm noch ein glückliches, gesundes und langes Leben.

8. Versöhnung oder Trennung: Die Ernüchterung

Robert ist bereits am Zimmer, als Fabienne zurückkommt. Er hat sich geduscht und umgezogen und ist davon überzeugt, dass es das Beste ist, seinen Fehltritt sofort zu gestehen. Er hofft so, dass ihm Fabienne verzeiht.

„Fabienne, Schatz, ich habe eine riesige Dummheit begangen. Es war, wie soll ich dir sagen, es war …", legt er sofort los.

Doch Fabienne bremst ihn etwas ein: „Halt, wovon redest du? Setzen wir uns doch erst mal."

Nachdem sie sich gesetzt haben, bricht es aus Robert schon hervor:

„Ich habe im Wellnessbereich eine Frau getroffen, eine flüchtige Bekanntschaft von früher. Ich weiß nicht, was die hier tut. Alles ist sehr seltsam. Aber, wie soll ich es dir sagen …", beginnt er zu stottern, bis er es ausspuckt: „Sie hat mich verführt!"

„Sie hat was? Sie hat dich verführt, jetzt, vorhin? Du spinnst doch", ruft Fabienne aufgebracht und springt auf.

Sie kann es nicht fassen. Wie soll es nun weitergehen? Fabienne ist unsicher, sie zweifelt an ihrer Taktik des Vergessens der Vergangenheit nach ihrem Erlebnis mit Marc. Tränen laufen über ihre Wangen. Sie überlegt, ebenfalls zu beichten. In der nächsten Sekunde überlegt sie es sich wieder anders. Kann das Zufall sein, dass sie beide zeitgleich fremdgingen? Da stimmt doch etwas nicht. Sie will es nicht glauben. Soll sie sich von Robert trennen oder soll sie beichten, dass sie ihn wohl zur selben Zeit ebenfalls betrogen hat? Mit einem Mann, den sie ebenfalls nur flüchtig von früher kennt. Sie läuft aufgebracht im Zimmer herum, während Robert sie zerknirscht und schuldbewusst ansieht.

„Ich will genau wissen, was war. Wer ist diese Frau?", fragt sie Robert schließlich empört.

„Ich kenne sie von früher, nur sehr oberflächlich. Ich weiß wirklich nicht, was da mit mir los war, ich war wie verhext. Ich stand irgendwie neben mir. Das war nicht wirklich ich. Es tut mir so leid, Fabienne. Ich habe dich nicht mehr verdient", beteuert Robert nun weinend.

„Wer soll es denn sonst gewesen sein, wenn nicht du, du Betrüger, du Zerstörer! Ich hasse dich, verschwinde aus meinem Leben, du Arschloch, ich brauche dich nicht mehr und will dich nie mehr sehen, du Idiot, du Egoist! Du hast alles zerstört, du Arschloch!", schreit Fabienne nun völlig außer sich. Sie ist total durcheinander. Ihre heile Welt ist ins Wanken geraten. Alles, was richtig war, scheint jetzt ganz falsch. Alles, was klar war, ist nun trüb. So trüb wie die Fenster des Zimmers.

Schließlich ruft sie: „Ich muss hier raus."

„Fabienne, bitte bleib, es tut mir leid, das war nicht ich", ruft ihr Robert weinerlich hinterher. Doch Fabienne ist bereits aus dem Zimmer gestürzt und hat die Tür zugeknallt.

Es scheint wirklich alles vorbei zu sein. Natürlich weiß Robert, dass er körperlich beim Sex mit Cynthia anwesend war, aber geistig, seelisch? Im Grunde ist er nicht so, sondern ein treuer und liebevoller Mensch, er würde Fabienne nie betrügen. Er glaubt immer mehr, dass er tatsächlich nicht bei Sinnen war. Hat ihm Cynthia irgendwelche Drogen verabreicht? Jemand anders im Hotel? Aus welchen Gläsern hat er getrunken, was hat er gegessen, was berührt? All diese wirren Gedanken schwirren Robert kreuz und quer durch den Kopf.

Robert ist fix und fertig – mit sich selbst, mit dem Leben, mit der Welt. Er möchte eigentlich nicht mehr existieren. Er hat das Wichtigste in seinem Leben verloren, nämlich seine geliebte Fabienne. Alles, was auch nur annähernd einen Sinn in seinem Leben hatte, ist weg. Robert zittert am ganzen Körper, er ist nur mehr ein Nervenbündel. Er spielt mit dem Gedanken, sich das Leben zu nehmen. Das Fenster aufzumachen und runterzuspringen. Aus dem fünften Stock würde er sicher nicht überleben. Robert lässt sich auf das Bett fallen und weint.

Fabienne ist in der Zwischenzeit an die frische Luft gegangen. Sie geht eine Seite des Schlosses entlang und versucht, ihre Gedanken zu ordnen. Die Situation hat sich aufgeschaukelt. Sie muss ruhig bleiben und überlegen, was sie tun soll. Wie soll sie sich verhalten? Was, wenn Robert recht hat und er wirklich nicht bei Sinnen war?

Wie kann es sein, dass sie ihn genau zur selben Zeit betrogen hat? Das erscheint doch völlig unrealistisch, dass da nicht etwas anderes dahintersteckt. Aber was?

Vielleicht aber auch nicht! War sie selber bei Sinnen? Natürlich, sie hatte sich nicht gegen den Sex mit Marc gesträubt. Sie dachte, danach könnte sie vergessen und wäre frei für eine glückliche Zukunft. Wirklich? Frei – durch Sex mit einem fremden Mann? Sie ist doch im Grunde überhaupt nicht der Typ dafür. Sie ist die treueste Seele, die man sich nur vorstellen und wünschen kann. Sie ist liebenswert und keine Fremdgeherin. Nein, das war auch nicht wirklich ich, denkt sie.

Vielleicht waren Drogen im Weinglas? Ja, das muss es gewesen sein, eine Droge, die sie veranlasst hat, alle Konventionen über Bord zu werfen. Eine Droge, die sie begierig und lüstern machte, ohne Rücksicht auf ihr Leben oder das Leben von jemandem anderen, in diesem Fall von Robert. Fabienne ist sich unsicher. Was soll sie jetzt tun? Sich von Robert trennen oder ihm verzeihen? Schließlich war sie um nichts besser. Im Gegenteil, sie verschweigt ihren Betrug vor ihm. Okay, aber sie ist sich sicher, dass sie das nur tut, um mit der Vergangenheit abzuschließen und mit Robert glücklich zu werden. Hemmungs- und tabuloser Sex mit einem fremden Mann, um mit dem eigenen Partner glücklich in die Zukunft blicken zu können? Nein, das kann nicht richtig sein. Aber warum hat sie es dann getan? Was um Himmels willen soll sie nun bloß machen?

Während Fabienne in Gedanken am Schloss-Hotel entlanggeht, kommt eine Frau vorbei und grüßt sie: „Hallo."

„Hallo", grüßt auch Fabienne.

„Kann ich Ihnen helfen? Geht es Ihnen nicht gut?"

„Doch, danke, mir geht es gut. – Nein, es geht mir nicht gut, aber es ist schon okay", antwortet Fabienne verwirrt. Die Frau ist attraktiv und wirkt südländisch.

„Ich war in der Lobby und sah, wie sie mit Tränen in den Augen vorbeigingen."

„Na und", fährt Fabienne die Fremde an, was ihr gleich wieder leid tut.

„Sie heißen nicht zufällig Fabienne?", fragt die Fremde mit ruhiger Stimme.

„Ja und? Was wollen Sie von mir? Lassen Sie mich in Frieden", antwortet Fabienne brüsk.

„Ich bin es, mit der Robert Sex hatte. Ich heiße Cynthia. Ich muss mit Ihnen reden. Alles tut mir wahnsinnig leid, es war ein Fehler, der dennoch geschah. Bitte hören Sie mich an, bitte. Ich kann mir das auch selbst nicht verzeihen. Ich will nicht, dass Robert unglücklich wird, nur wegen mir, ich will das sicher nicht. Ich weiß, er liebt nur Sie, bitte, Fabienne."

Fabienne glaubt, nicht recht gehört zu haben. Außer sich schreit sie Cynthia an:

„Was bildest du dir ein? Du Hure, du Schlampe. Du trittst meine Beziehung mit Füßen und traust dich jetzt, unter meine Augen zu treten? Und auch noch blöd zu fragen? Hau ab, du Flittchen, sonst mache ich dich fertig!"

Schließlich dreht sich Fabienne wutentbrannt um und geht mit schnellen Schritten davon. Dann dreht sie sich nochmals um: Cynthia ist verschwunden.

Fabienne setzt sich auf eine kleine, überdachte Bank, etwas abseits des Schloss-Hotels, am Eingang zum Park. Es ist nicht kalt und sie schaut in die Wolken und in den gepflegten Park. Fabienne wippt mit den Füßen und weiß nicht, was sie machen soll.

Plötzlich steht wieder Cynthia vor ihr. Fabienne schreit: „Ich sagte, du sollst abhauen, du Schlampe. Lass mich endlich in Ruhe!"

Doch Cynthia lässt sich nicht vertreiben.

„Ich habe Robert verführt, er war nicht bei Sinnen. Es ist passiert, ja, aber wenn Sie Robert nicht für immer verlieren wollen, dann müssen Sie ihm verzeihen", sagt sie mit ruhiger und eindringlicher Stimme.

Fabienne verkrampft ihre Hände und wippt weiter auf der Bank auf und ab.

„Sie haben mit Robert wirklich einen guten Menschen fürs Leben gefunden. Eine Perle von einem Mann. Robert hat es auch sogleich zutiefst bereut und gesagt, er würde es Ihnen sofort beichten", setzt Cynthia fort.

Als Fabienne nicht reagiert, redet Cynthia weiter: „Es war ein riesiger Fehler, aber ich habe mich auch nicht wirklich kontrollieren können. Robert und ich kennen uns von früher und als wir uns wieder trafen, geschah es irgendwie. Hoffentlich tut sich Robert nichts an? Er liebt nur Sie, Fabienne. Waren Sie ihm immer treu?"

Diese Frage provoziert Fabienne und sie antwortet wütend:

„Es geschah irgendwie, dass ich nicht lache. Ich war Robert immer treu. Außerdem geht dich das nichts an, nicht im Geringsten. Du existierst für mich nicht, du Schlampe! Ob ich Robert verzeihe, das entscheide nur ich ganz alleine. Dich brauche ich dafür nicht, Cynthia. Du bist wirklich der allerletzte Mensch im Universum, den ich für diese Entscheidung brauche. Ich will nichts und brauche nichts von einer wie dir!"

Nun wird auch Cynthia ungehalten: „Von einer wie mir? Bist du dir da ganz sicher, du Lügnerin? Ich sage dir jetzt etwas und du wirst mir nun ganz genau zuhören: Robert kann nichts dafür, ich wollte das und nutzte quasi die Gunst der Stunde. Ich bin schuld und es tut auch mir wahnsinnig leid, Fabienne. Es war ein Fehler, ja, ein dummer, unverzeihlicher Fehler. Du musst mir nicht verzeihen, aber du wirst Robert verzeihen, weil du ihn liebst und ohne ihn nicht leben kannst und auch nicht willst, das weiß ich. Du würdest dich selber verdammt unglücklich machen, wenn du dich von ihm trennst. Das weißt du selber am besten. Ich bitte dich um Entschuldigung für Robert, nicht für mich. Und nochmals, es tut mir leid, noch mehr, wenn dich Robert verlieren würde oder noch schlimmer, wenn er sich das Leben nimmt. Um dich geht es mir hier nicht im Geringsten, das kannst du mir getrost glauben."

Fabienne ist inzwischen von der Bank aufgesprungen. „Verdammt noch mal, was bist du für ein Mensch … Wie meinst du das überhaupt, dass sich Robert das Leben nimmt? Robert würde niemals auf diese Idee kommen. Und was ich tue und getan habe, das kannst du nicht wissen. Es geht dich auch nichts an. Ist das klar?"

„Ich würde Robert verzeihen und rasch zu ihm gehen, nicht dass er sich aus dem Fenster stürzt", sagt Cynthia, die sich nun wieder gefasst hat.

„Ich will dich nie wieder sehen, hast du mich verstanden, Cynthia?", schreit Fabienne.

„Ja, Fabienne, ich habe dich verstanden. Ich reise sowieso morgen ab. Robert hat dir seinen Fehler gestanden. Dafür bestrafst du ihn, auch okay. Aber er hat seine Strafe schon bekommen. Auch nur der Gedanke daran, dich zu verlieren, ist für ihn die größte Strafe. Ich denke, es reicht. Hätte er nichts gesagt, sein Geheimnis für sich behalten, was wäre dann? Hast du ein Geheimnis, Fabienne? Wenn ja, dann behalte es für dich. Mach's gut, Fabienne, und schau auf deinen Robert, er ist einmalig." Mit diesen Worten dreht sich Cynthia um und geht.

Auch Fabienne geht, und zwar zurück ins Hotel. Mit jedem Schritt wird sie schneller. Robert wird sich doch nichts antun?

Robert ist inzwischen vom Bett aufgestanden und läuft im Zimmer umher. Er fühlt sich hoffnungslos und leer. Schließlich geht er an ein Fenster und öffnet es. Er atmet tief durch, während er sich mit den Händen am Fenstersims abstützt.

„Robert, nein, Robert, warte", kreischt Fabienne, die soeben ins Zimmer kommt.

Robert wendet sich zu ihr um. „Fabienne, ich habe alles kaputt gemacht. Ich wollte dich nach dem Urlaub um deine Hand bitten. Ich wollte mit dir Kinder haben, eine Familie gründen – und nun habe ich das getan. Ich hasse mich dafür." Robert hält kurz inne, dann fleht er Fabienne an:

„Fabienne, ich bitte dich inständig um Verzeihung. Bitte gib uns nicht auf. Gib uns eine Chance. Es wird nicht leicht für dich, ich weiß, aber ich werde alles für dich tun, ich werde immer für dich da sein. Ich liebe dich. Ich weiß nicht, was in mich gefahren ist. Es ist nicht zu erklären, schon gar nicht zu entschuldigen, aber bitte verzeih mir und gib mir noch eine zweite Chance! Bitte!"

Robert geht auf Fabienne zu und möchte sie umarmen, sie weicht jedoch zurück und wendet sich ab. Robert versucht es erneut. Fabienne lässt sich weder umarmen noch überhaupt berühren. Der Schmerz ist zu groß. Fabienne ist enttäuscht, sie weiß aber auch genau, dass sie nur in der Opferrolle bleiben kann, wenn sie ihren Betrug nicht gesteht. Was würde das auch noch bringen? Würde etwas besser?

Fabienne will mit Robert zusammenbleiben, will, ja muss ihm verzeihen, wenn sie ihr Geheimnis für sich behalten will. Sie darf Robert auch nicht zu sehr leiden lassen, denn er hat es nicht verdient. Im Grunde hat Fabienne die allergrößte Last zu tragen. Wird sie das schaffen? Will sie das auf Dauer überhaupt? Oder wird sie an ihrer eigenen Schuld zerbrechen? Sie weiß es nicht. Sie wird es herausfinden müssen, denn fest steht, dass sie Robert immer noch liebt, dass sie mit ihm eine Zukunft möchte, immer noch. Es steht auch fest, dass sie um keinen Deut besser ist als Robert. Und es steht fest, dass Robert nie erfahren darf, was sie getan hat. Es gibt das Sprichwort, dass die Zeit alle Wunden heilt. Fabienne glaubt daran.

Plötzlich fällt Fabienne ein, dass sie sich nach dem Sexabenteuer mit Marc noch nicht mal gewaschen hat. Wenn sie nach oben schaut, kann sie an der Brillenfassung Spermaspuren von Marc sehen. Oh mein Gott, denkt sie, ich muss ins Bad.

Robert greift nach Fabiennes Hand.

„Komm, Fabienne, bitte lass dich von mir umarmen. Ich tue alles für dich. Ich liebe dich."

„Robert, ich weiß ehrlich gesagt noch nicht, wie ich damit umgehen soll. Aber ich verspreche dir, dass ich es ernsthaft versuchen werde."

„Ich will nur mit dir eine gemeinsame Zukunft", bekräftigt Robert.

Fabienne kann nun nicht mehr anders, sie muss sich von Robert einfach umarmen lassen. Robert ist überglücklich. Ganz vorsichtig legt er seine Arme um sie. Er will sich nun immer noch mehr bemühen und für Fabienne da sein. Er kann sich beruflich zurücknehmen. Die Geschäfte liefen immer gut und auch wenn er weniger arbeitet, können sie sich einen gewissen Luxus gönnen.

Fabienne fühlt sich nicht wohl in ihrer Haut, sie fühlt sich schmutzig und ist müde. Robert zieht sie an sich. Doch sie ist immer noch etwas abweisend.

Draußen ist ein Gewitter aufgezogen, der Wind weht und es regnet stark. Robert hat das Fenster geschlossen und Blitze erhellen das Zimmer.

Fabienne möchte endlich in das Badezimmer und eine ausgiebige Dusche nehmen. Robert hält sie zurück: „Bleib bitte, ich will dich verwöhnen, alles wieder gutmachen …"

„Nein, Robert, ich will nicht, wie kannst du jetzt nur an Sex denken. Lass mich bitte in Ruhe."

„Okay, ich verstehe dich, ich werde dich etwas alleine lassen und im Hotel eine Runde drehen."

Das wiederum will Fabienne unter allen Umständen vermeiden. Sie will nicht, dass Robert eventuell nochmals Cynthia oder Marc – wenngleich sie sich nicht kennen – über den Weg läuft. Deshalb gibt sie nach: „Ist schon gut, komm zu mir, Robert."

Robert umarmt Fabienne, drückt sie an sich und kommt ihr mit seinen Lippen immer näher. Fabiennes dunkelroter Lippenstift ist nur mehr ansatzweise zu erkennen. Fabienne möchte nicht all zu viel Luft durch ihren Mund ausatmen, da sie befürchtet, ihr Atem könnte nach Marc riechen.

Doch Robert ist viel zu sehr damit beschäftigt, seinen Fehler wieder gutzumachen und Fabienne verwöhnen zu wollen, als dass er auch nur im Geringsten einen Verdacht schöpft. Robert berührt ihre Lippen, sie küssen sich. Robert steckt vorsichtig seine Zunge in Fabiennes Mund und kreist zärtlich – als ob er Fabiennes Mundhöhle reinigen möchte, so gründlich und behutsam geht er vor. Dann knetet er sachte ihre Pobacken und streichelt über ihre Oberschenkel. Fabienne weicht etwas zurück. Robert denkt sich nichts dabei, als er Verkrustungen an den halterlosen Strümpfen spürt. Fabienne weiß, es sind die eingetrockneten Spermaspuren von Marc. Als Robert den Slip von Fabienne berührt, bemerkt er, dass der Slip nass ist.

„Fabienne, ich bin auch schon ganz heiß auf dich", flüstert er erregt. „Ich liebe dich."

Robert zieht ihr den Slip und das Kleid aus und legt sie auf das Bett. Sie liegt nur mit den Strümpfen bekleidet und in Stöckelschuhen vor ihm. Dann entkleidet er sich auch selbst. Er kniet vor sie hin und streichelt ihren schlanken Hals, ihre Arme, ihre Brüste. Er will ganz zärtlich und behutsam vorgehen. Er öffnet ihren BH, beugt sich zu ihr hinunter und liebkost mit dem Mund und einer Hand ihre Brüste. Er will Fabienne unbedingt wieder zurückerobern. Er will ihr zeigen, dass sie für ihn die attraktivste und begehrenswerteste Frau auf der ganzen Welt ist.

Fabienne blickt hinab zu Roberts Penis, dessen Eichel so groß angeschwollen ist wie noch nie. Kleine Lusttropfen laufen aus der

Eichel. Es muss schwer für Robert sein, seine Erregung in Zaum zu halten, denkt Fabienne, dann schließt sie die Augen und genießt Roberts Liebkosungen.

Robert gleitet mit seiner Zunge über ihren Bauch hinunter zu Fabiennes Schamlippen, die rot angeschwollen sind. Das kommt ihm etwas merkwürdig vor. Doch er glaubt, Fabienne ist genauso erregt wie er und sie erwartet die bevorstehende orale Liebkosung schon sehnsüchtig. Robert leckt ihre inneren Schamlippen und ihre Klitoris, als noch etwas Flüssigkeit aus ihrer Vagina tropft.

„Ahh, ich bin auch schon so erregt, ich halte es nicht mehr aus", stöhnt Robert, bevor er seine Zunge so tief er nur kann in Fabienne versenkt. Fabienne stöhnt auf. Sie atmet schneller, die Erregung kehrt zurück.

Robert liebkost sie mal zärtlich, mal fordernd mit seinen Lippen und seiner Zunge. Fabiennes Vagina ist tiefrot, doch sie ist nicht mehr feucht. Robert vermutet, dass Fabienne nicht mehr so erregt ist wie zuvor. Fabienne bewegt ihr Becken, sie ist natürlich erregt, aber ihr tut auch alles weh. Auch der Mund und der Hals. Robert hebt seinen Kopf und dreht sie sachte um, als Fabienne zusammenzuckt: „Robert, keine Chance, der ist mir heilig. Du weißt, ich will das nicht. In meinen Po lass ich niemanden."

„Schade, Fabienne, aber falls du es dir einmal anders überlegst – darf ich deinen Po entjungfern. Ich verwöhne dich nur mit meiner Zunge, Fabienne, genieße es."

Fabienne stöhnt, als Robert beginnt, ihr Poloch in Kreisbewegungen zu lecken. Er bemüht sich, zärtlich zu sein, obgleich er noch nie gesehen hatte, dass Fabiennes Po-Öffnung derartig dunkel aufgeschwollen war. Robert macht sich jedoch keine Sorgen und steckt seine Zunge immer wieder hinein. Eingecremt kommt ihm Fabiennes Po vor, auch die Anusöffnung. Fabienne ist eine mehr als reinliche Frau, denkt Robert und leckt ihr Po-Loch in anständiger Manier. Als ob es kein Morgen gäbe, ist Robert bei der Sache. Fabienne keucht und stöhnt. Mittlerweile kann sie es genießen, verwöhnt zu werden. Mit seinem Speichel hat Robert das Brennen sehr gelindert.

Robert hebt seinen Kopf wieder und sagt: „Ich werde zärtlich sein."

„Ja, bitte, zärtlich, du weißt, ich will es nur ganz langsam."

Robert wundert sich, dass sein Penis in Fabienne reinflutscht, als ob sie einen anderen Unterleib hätte.

„Ahh", stöhnt sie.

Robert weiß, dass er nicht darauf achten muss, wie weit er in sie eindringt, denn sie zieht ihr Becken sowieso jedes Mal zurück, wenn es ihr zu weit geht. Meist schon kurz nach der Eichel. Zumindest war das immer so. Umso mehr ist Robert überrascht, als er bemerkt, dass sein Glied fast ganz in Fabienne steckt.

„Ja, gut, du bist so zärtlich und verständnisvoll, ah, ja, nur ein bisschen rein, es ist gut, bitte nicht weiter."

Robert könnte nicht mehr weiter, auch wenn er wollte. Er freut sich, dass sie erstmals richtig locker lässt und den Sex mit ihm nun richtig genießen kann.

Robert ist glücklich, er hat alles richtig gemacht. Nach ein paar zarten Stößen dreht er Fabienne auf den Rücken. Robert schiebt ihre Beine mit seinen Knien auseinander, weiter denn je. Fabienne stöhnt laut und zieht Robert auf sich.

„Steck ihn rein." Das lässt sich Robert nicht zweimal sagen. Sie seufzt leise vor Lust.

Robert legt sich ganz auf Fabienne, nur mit den Hüften bewegt er sich in ihr. Fabienne spürt, dass es ihr sehr gut tut. Sie keucht, hat rote Flecken oberhalb der Brust und sieht Robert tief in die Augen: „Ja, mein Schatz, ja, ja, jetzt spritze in mich rein, ich komme, jetzt, ich komme."

Schließlich haben die beiden gleichzeitig einen Orgasmus, der seinesgleichen sucht.

„Es ist so gut, dich in mir zu spüren, ich liebe dich, Robert. Wir werden das schon meistern, wir beide. Wir lieben uns und darum schaffen wir das."

Robert ist stolz, auf sich und auf Fabienne, die sich das erste Mal so richtig hat gehen lassen. Die beiden schlüpfen unter die Decke und es dauerte nicht lange, bis sie eindösen. Etwas später gehen sie noch unter die Dusche, Fabienne reinigt sich intensiv und kommt sauber und wohlriechend zurück ins Bett. Eng umschlungen schlafen sie ein.

9. Beste Vorsätze: Die Abreise

Robert öffnet die Augen, streckt sich durch und gähnt. Es ist noch früh am Morgen. Fabienne schläft noch. Robert liegt am Rücken, starrt auf die Zimmerdecke und verschränkt seine Hände hinter dem Kopf. Er denkt über die Vorkommnisse nach, nicht kritisch, nicht wertend, er sieht alles einfach nur wie einen Film vor seinem inneren Auge ablaufen. Er ist nur der unbeteiligte Betrachter und findet alles, was er sieht, ziemlich „heavy".

Robert ist es gewöhnt, dass alles, was er tut, auch immer ein Ergebnis ans Tageslicht bringt. Er ist auch im Berufsleben ein leistungsbezogener Manager. Robert überlegt und findet, dass sich schlussendlich er und Fabienne mehr denn je lieben und dass die Geschehnisse sie noch mehr aneinander binden. Es hätte auch schlechter ausgehen können, denkt er. Er blickt zum Fenster und findet, dass sich im Grunde genau das ergeben hat, was Fabienne und er anstrebten. Sie wollten eine intensivere Beziehung. Das „Wie" ist zwar – zugegebenermaßen – verrückt gewesen, aber was soll's. Ziel erreicht, hundert Punkte für die Kandidaten. Er steht auf und geht ins Bad. Sollten Fabienne und er nun doch noch eine Nacht dableiben oder wie beschlossen, heute abreisen? Robert will abwarten, was Fabienne dazu meint. Um nicht durch die Zimmermädchen gestört zu werden, hängt Robert das „Bitte nicht stören"-Schild vor die Tür. Dabei sieht er zufällig, dass die Tür zum „großen Saal", in dem vorgestern angeblich eine Feier stattgefunden hat, angelehnt ist. Er kann sich an keinen Lärm erinnern. Wie das Personal versprochen hatte, haben sie wirklich nichts davon mitbekommen – toll! Er geht leise zur Tür am Ende des Flurs, schaut sich zuerst noch um, ob ja niemand daherkommt, und betritt schließlich neugierig den Saal. „Wow", ist Robert begeistert. Wunderschöne Gemälde und goldene, riesige Kerzenständer schmücken den Saal. In der Mitte schwere antike Holztische und hohe Stühle. Große Lüster hängen von der Decke, die durch ihre rote Farbe besticht. Das wirkt zwar etwas drückend, ist aber ein atemberaubender Anblick.

Offensichtlich ist hier jemand am Aufräumen, denn es stehen noch Teller und Schüsseln auf den Tischen, benutzte rote Stoffservietten und Besteck liegen herum. Offenbar war diese Generationenübergabe ein ausgelassenes Fest, denkt Robert! Er kehrt um und geht zurück ins Zimmer. Fabienne ist nun wach und fragt Robert, wo er war. „Habe nur das ‚Nicht stören'-Schild rausgehängt."

„Komm doch nochmals zu mir ins Bett", bittet Fabienne. Robert legt sich zu ihr und die beiden kuscheln noch eine Weile. Sie sprechen nicht, sie halten sich nur in den Armen und fühlen sich geborgen. Fabienne freut sich schon auf zu Hause und will nicht länger hier bleiben, obwohl das Schloss-Hotel wirklich sehr toll und durchaus weiterzuempfehlen ist – ein echtes Juwel.

Robert nimmt Fabienne schließlich an der Hand und zieht sie aus dem Bett: „Komm, du Schlafmütze, mach dich fertig, mir knurrt schon der Magen."

„Gut, wenn du nicht magst, dann eben nicht", sagt Fabienne zwinkernd. Fabienne ist rascher fertig als gedacht. Mittlerweile hat Robert zu packen begonnen und schlägt vor, dass er in einigen Minuten nachkommt. Fabienne wird inzwischen schon mal frisches Obst und Säfte besorgen. Sie gibt Robert noch einen Kuss und verabschiedet sich.

Fabienne schlendert den Flur entlang. Sie will das gediegene Treppenhaus nehmen und nicht den Lift, quasi als Morgen-Workout. Sie hat sich heute leger gekleidet und trägt ihr Haar offen. Sie findet, sie muss sich demnächst wieder die Spitzen schneiden lassen, da sich etwas Spliss breit macht. Das kann Fabienne überhaupt nicht leiden. Mit ihrer weißen, bequemen, aber durchaus zum Ambiente passenden Freizeithose und ihrer hellblauen Bluse sieht sie ziemlich flott aus. Beim Gehen spürt Fabienne noch die Nachwirkungen von gestern, weshalb sie auch keinen Slip angezogen hat. Sie braucht es heute lockerer und luftiger. An der Treppe angekommen, bemerkt Fabienne den offenen Schnürsenkel an ihrem linken Sportschuh und will ihn neu binden. Unmittelbar nachdem sie sich nach unten gebückt hat, überkommt sie eine Schwindelattacke. Es dreht sich alles, kalter Schweiß steigt ihr auf die Stirn, sie stolpert. In einem Bruchteil einer Sekunde wird Fabienne klar, dass ein Sturz über die Steintreppe ihr Ende bedeuten kann. Sie versucht sich noch abzufangen, als sie plötzlich keinen Boden mehr unter ihren Füßen spürt. Doch dann hat sie das Gefühl, als ob tausende Hände sie schützend festhalten. Sie blickt auf und sieht sich von einer Art roten Wolke umgeben. Schon im nächsten Augenblick befindet sie sich wieder am Beginn der Treppe und blickt auf ihre Schnürsenkel. Erstaunt tritt sie einen Schritt zurück.

„Was um Himmels willen war das gerade?" Der offene Schnürsenkel ist ihr nunmehr egal, von Schwindel keine Spur mehr. Hat Fabienne einen Tagtraum erlebt? War es Einbildung oder eine Panikattacke?

Sie läuft sofort zurück zu Robert, ihr Gesicht ist bleich.

„Robert, ich wäre fast die Treppe hinuntergefallen."

„Fabienne, was ist los, hast du dir wehgetan?"

„Nein, das ist ja das Unbegreifliche. Als ich bemerkt habe, dass der Sturz unvermeidbar ist, dass es abwärts geht, spürte ich noch die Abwärtsbewegung und dann, ja dann, Robert, du musst mir glauben, bitte, Robert, glaube mir ..."

„Fabienne, komm, beruhige dich, komm her zu mir, ich glaube dir ja." Robert bemüht sich, Fabienne zu beruhigen.

„Was war denn da genau?", fragt Robert in bewusst ruhigem Ton.

„Ich wollte mir das Schuhband binden und bekam dabei wieder einen meiner Schwindelanfälle. Ich fühlte das Fallen, den Sturz hinunter. Glaube mir, Robert, dann merkte ich – es ging alles so unglaublich schnell –, dass mich jemand oder irgendetwas einhüllt. Einwickelt, ach Gott, wie kann ich dir das beschreiben. Ich war in einer roten Wolke, die mich hielt. Und keinen Wimpernschlag später stand ich wieder oben an der Treppe und blickte zum offenen Schuhband. Ich machte sofort einen Schritt zurück. Robert, glaube mir, ich bin doch nicht verrückt."

„Das Wichtigste ist, dass du nicht verletzt bist, mein Schatz. Egal was da war oder nicht war. Möchtest du dich kurz ausruhen?"

„Ja, danke, das mache ich. Robert, ich wusste, du glaubst mir nicht." Fabienne legt sich aufs Bett.

„Ich habe nicht gesagt, dass ich dir nicht glaube. Am wichtigsten ist, dass du gesund bist, Fabienne. Es war etwas viel in letzter Zeit, das muss ein Körper, ein Geist, eine Seele, ein Mensch erst einmal verarbeiten", betont Robert. Er legt sich neben Fabienne und starrt wieder auf die Zimmerdecke. Er streichelt sie beruhigend und ist froh darüber, dass sie nicht verletzt ist, was auch immer genau zuvor geschah. Er vermutet, dass Fabienne die ganze Angelegenheit erst mal verdauen muss, und kann nicht wirklich glauben, was sie ihm erzählt hat. Er ist ein Mann, ein Manager, ein Realist. Fabienne muss verstehen, wenn er ihr diese Geschichte nicht abkauft.

Etwas später frühstücken die beiden gemeinsam. Fabienne hat sich erholt. Beide sprechen nicht mehr über Fabiennes Erlebnis an der Treppe. Sie holen sich frisches Obst, Saft, Gebäck, Schinken, Käse und Eier vom Buffet und genießen das opulente Frühstück.

„Magst du noch etwas, kann ich dir noch etwas bringen?", fragt Robert schließlich

„Ja, bitte noch ein paar Apfelstücke." Robert dreht noch eine Runde um das riesige Frühstücksbuffet und nimmt sich noch Käse, Wurst und frisches, knuspriges Baguette mit.

Gestärkt spazieren die beiden danach eine Runde im Park und genießen die warmen Sonnenstrahlen.

„Oh, wie gut das tut, ich liebe es, im morgendlichen Sonnenschein spazieren zu gehen", schwärmt Fabienne. Nach all den Erlebnissen tut es beiden besonders gut, Sonnenenergie zu tanken. Danach kehren sie entspannt zurück ins Schloss-Hotel, um auszuchecken.

Robert holt das Gepäck aus dem Zimmer, während Fabienne sich noch einige Bilder im hinteren Bereich der riesigen Empfangshalle ansieht. Es scheinen in der Tat sehr alte Bilder zu sein. Ritter in Rüstungen auf Pferden, Reiter in roten Umhängen. Schon auch sehr mystisch und furchteinflößend, empfindet Fabienne. Überall nur ernste Gesichter.

„Das müssen trübe Zeiten gewesen sein, damals", vermutet Fabienne. Als sie sich wieder zum Ausgang umwendet, kann sie kaum glauben, was sie sieht. Sie macht sofort einen Schritt zurück und versteckt sich hinter einer alten Ritterrüstung, die auf einem Sockel steht. Das kann doch nicht wahr sein, was soll das?

„Dieses elende, verlogene Miststück", murmelt Fabienne. Sie ist zornig und aufgewühlt.

Denn soeben sind Cynthia und Marc händchenhaltend durch die Lobby zum Ausgang spaziert!

Fabienne kann es nicht fassen. Das schlägt doch dem Fass den Boden aus. Sie fühlt sich gedemütigt, belogen, hintergangen.

Was für ein abartiges, verlogenes Spiel haben die beiden getrieben?

Fabienne lehnt sich an den Sockel der Rüstung. Sie ist hochrot im Gesicht und könnte vor Wut platzen.

„Atmen, atmen, ruhig Fabienne", redet sie sich flüsternd beruhigend zu, während sie beobachtet, wie Cynthia und Marc Arm in Arm durch das Ausgangstor gehen. Offensichtlich glücklich vereint.

Fabienne sieht sofort zu den Liften und den Treppenaufgängen. Nicht dass Robert sie jetzt so sieht. Er würde denken, Fabienne hätte Fieber. Na ja, in gewisser Hinsicht war das ja auch so.

Fabienne gehen unzählige Gedanken durch den Kopf. Cynthia und Marc sind ein Paar. Diese perversen Idioten. Wie kann das sein? Fabienne beruhigt sich, sie zwingt sich, klar zu denken. Sie versucht, eine Vogelperspektive einzunehmen, nicht sie selbst zu sein, sondern eine außenstehende Person, die neutral beurteilen kann.

Alles, wirklich alles hätte Fabienne geglaubt, aber das ist eine Nummer zu groß für ihre Vorstellungskraft. Sie fühlt sich missbraucht. Ihr schmerzt immer noch alles von den brutalen Stößen Marcs. Sie konnte am Morgen nicht einmal vernünftig die Morgentoilette erledigen, da sie das Gefühl hatte, durch beide immer noch brennende Körperöffnungen Kieselsteine ans Tageslicht befördern zu müssen. Und nun muss sie sehen, wie Cynthia und Marc Arm in Arm miteinander hinausgehen!

Das ist einfach zu viel für Fabienne. Sie überlegt, ob die beiden dieses abartige Spiel womöglich geplant haben und sich nun über sie und Robert ins Fäustchen lachen? Die betreiben das womöglich als Hobby? Fabienne erinnert sich an ihre Auseinandersetzung mit Cynthia. Cynthia hat angedeutet, dass wohl auch Fabienne ihr Geheimnis haben wird, das sie für sich behält. Woher konnte Cynthia das sonst wissen als von Marc? Wenn Cynthia von Marc und ihr gewusst hat – war sie deshalb so daran interessiert, dass Fabienne ihrem Robert verzeiht?
Alle möglichen Varianten spuken durch Fabiennes Kopf. War Cynthia tatsächlich überzeugt, dass sie einen groben Fehler begangen hatte und wollte sie sich wirklich entschuldigen und

Roberts „Unschuld" untermauern? Hatte sie tatsächlich Angst, dass sich Robert etwas antun würde, weil er seinen Fehltritt sofort bereute und schon Cynthia seine Beichte bei Fabienne ankündigte? Hat Cynthia Robert das Leben gerettet? Müsste sich Fabienne eigentlich bei Cynthia bedanken? Das kann doch nicht sein, oder? Auch wenn die beiden ihr Spiel bewusst betrieben, kann es sein, dass Cynthia davon ausging, dass Robert – wie auch Fabienne – das Sextreffen für sich behält? Was er nicht tat. Robert ist einfach zu ehrlich. Was bringen solche Gedankenspielereien? Nichts. Wer würde davon profitieren? Niemand. Und was würde sich ändern? Nichts.

Fabienne versucht sich wieder zu beruhigen. Es nützt ohnehin nichts, egal wie es ist. Sie ist stolz, dass sie diese Situation so gut analysiert und sich – zumindest im Großen und Ganzen – unter Kontrolle hat. Zum Glück hat Robert nichts davon mitbekommen, der gerade jetzt die Halle betritt. Den Check-out absolviert, küssen sich Fabienne und Robert, verstauen das Gepäck, starten den Wagen und treten ihre Heimreise an. Es war ein turbulenter, aufschlussreicher, interessanter, mystischer und zum richtigen Zeitpunkt beendeter Kurztrip.

Das denken sich beide. Sie hatten, wenn auch schwer verdient, genau das erreicht, was sie sich vorgenommen hatten: Beide sind sich näher denn je und sind in ihrer Meinung, perfekt zusammenzupassen und füreinander geschaffen zu sein, gestärkt worden. Robert lächelt Fabienne zu und ist glücklich. Fabienne tut der ergonomisch geformte Leder-Sportsitz sehr gut, erwidert das Lächeln und legt die linke Hand auf Roberts Knie.

10. Wieder zu Hause: Erste Eindrücke

Nach einer angenehmen Autofahrt sind Fabienne und Robert wieder in ihrem trauten Heim angekommen. Sie hatten zwischendurch ein paar Pausen eingelegt. Je weiter sie ins Tal hinunterkamen, desto wärmer wurde es. Der Frühherbst zeigte sich in all seiner Pracht und beide freuten sich über den warmen Sonnenschein, den knallblauen Himmel und die bunten Wälder.

Fabienne und Robert haben sich ja vorgenommen, an den Samstagen nicht mehr zur Arbeit zu gehen. Natürlich ist es nicht leicht, eingefahrene Muster zu verlassen, und die Verfügbarkeit für Firma und Kunden auf ein familienfreundliches Ausmaß zu reduzieren ist eine Herausforderung. Robert gelingt es ganz gut, bei Fabienne wird es noch etwas dauern, aber auch sie wird es schaffen, denn sie will es unbedingt!

In der ersten Arbeitswoche nach dem Kurzurlaub schlägt Robert Fabienne vor, dass sie jeden Abend einen kleinen Spaziergang machen, auch wenn sie noch so müde sind. Und wenn es nur eine Runde um zwei, drei Blocks ist, bei jedem Wetter.
„Wir sind nicht aus Zucker", sind sich die beiden einig. Sie halten ihre Vorsätze ein und es tut ihnen unbeschreiblich gut. Dabei plaudern sie über ihre Erlebnisse im Büro und können so den Arbeitstag perfekt abschließen. Entspannt kommen sie nach ihren Abendspaziergängen nach Hause und können ihren Feierabend nun noch mehr genießen. Ihre Beziehung ist inniger geworden. Genau das haben sie ja auch angestrebt.

Als sie sich am Freitagabend für das gemeinsame Ausgehen zum Dinner fertig machen, fragt Robert: „Schatz, hast du eine Ahnung, wo meine Omega-Seamaster ist?"

„Nein, Robert, die musst du haben, denn ich kann mich absolut nicht erinnern, dass ich sie irgendwo gesehen habe."

Robert nimmt eine andere Uhr, will aber später oder am nächsten Tag nach der Omega suchen, denn sie ist seine Lieblingsuhr. Er wird sie doch nicht im Hotel vergessen haben? Puh, diese wieder zu bekommen, wird schwierig sein. Probieren wird es Robert aber auf jeden Fall.

Gut gekleidet, verlassen die beiden das Haus und freuen sich auf einen gemeinsamen gemütlichen Abend. Sie sind zu ihrem Lieblingsitaliener gegangen und speisen bei Kerzenschein, dezenter Live-Musik, aufmerksamem Personal und wunderbar schmeckenden Gerichten. Robert hält Fabiennes Hand und ist glücklich, heute mit ihr hier zu sein. Sie trinken hervorragenden Wein und unterhalten sich wunderbar. Fabienne liebäugelt mit dem Badminton, wofür Robert durchaus zu haben ist. Er freut sich, dass Fabienne gemeinsame Freizeitaktivitäten plant. Das bestätigt ihm, dass sie an ihm und an der Beziehung interessiert ist. Robert küsst Fabienne. Als ein Rosenverkäufer auf die beiden zukommt, hebt Robert die Hand.

„Fünf Rosen für die Schönheit mir gegenüber, die ich mehr als alles andere auf der Welt liebe!"

Fabienne errötet leicht, sie mag es eigentlich nicht so sehr, denn andere Gäste schauen zu ihnen hin und das ist ihr etwas peinlich. Sie ist lieber die Beobachterin, die gerne alles sieht und weiß, zwar auch überall gerne mitredet, aber sie will nicht selbst im Mittelpunkt stehen. Robert weiß das, aber er will Fabienne seine Liebe zeigen.

Fabienne freut sich natürlich riesig über die roten Rosen, die sehr gut zum gedeckten Tisch und zu ihrem Outfit passen. Robert, in legerer Hose, Polo und Sakko ist klassisch gekleidet. Fabienne hat ihr feines, blondes Haar zu einem relativ strengen Schwanz zusammengebunden, ist dunkel geschminkt, was ihre blauen Augen noch mehr betont. Eine schwarze Kette und passender Ohrschmuck harmonieren perfekt mit ihrem roten Kostüm. Schwarze klassische Stöckelschuhe und dunkle Nylonstrümpfe runden ihre strahlende Erscheinung perfekt ab. Fabienne riecht auch extrem gut. Sie macht immer ein Geheimnis daraus, welchen Duft sie trägt, das findet Robert spannend, denn er versucht dann, das Parfüm zu erraten. Fabienne mag es, sich über Düfte zu unterhalten. Sie probiert gerne verschiedene Duftkompositionen aus und beobachtet auch, wie sich unterschiedliche Düfte auf der Haut verändern. Auf trockener oder nasser Haut, im Sommer und im Winter, auf blasser oder gebräunter Haut, am Morgen, mittags oder abends, Düfte werden immer unterschiedlich wahrgenommen. Ebenso verändert sich die Wahrnehmung eines Duftes mit dem Alter einer Person, weiß Fabienne. Robert findet es toll, wenn Fabienne ihr Wissen mit ihm teilt. Sie macht das überzeugend, auf eine sehr gewinnende Weise. Man wird direkt in das Thema hineingezogen. Fabienne sollte eigentlich Verkäuferin sein, sie würde Millionen verdienen, stellt Robert immer wieder fest.

Das wäre jedoch nicht das Richtige für Fabienne. Daher lässt sich nur Robert Fabiennes Meinung über diverse Themen „verkaufen". Er genießt es, wenn sie voll hinter ihren Aussagen steht. Man zweifelt keine Sekunde an deren Richtigkeit. Sie ist genial und sie versteht es, andere in ihren Bann zu ziehen, findet Robert. Das ist jedoch nur ein kleines Detail aus einer immens langen Liste an Dingen, Gewohnheiten und Verhaltensweisen, die Robert an seiner Fabienne liebt. Von ihrer Stimme und der Art, wie sie sich bewegt, einmal ganz abgesehen. Fabienne scheint es zum Beispiel in die Wiege gelegt worden zu sein, mit ihrem Po zu wackeln. Nein, nicht derb und absichtlich oder übertrieben. Nein, es ist ihre natürliche Bewegung. Die Art, wie sie die Hüften einsetzt. Fabienne selber weiß das nicht. Für sie ist das normal. Robert findet es auch atemberaubend, wie sie gestikuliert. Wenn sie spricht, ist Robert ihr schon alleine aufgrund der Bewegungen ihrer Arme, ihrer Hände, im Speziellen auch ihrer einzelnen Finger verfallen.

Robert betont immer wieder: „Wenn Fabiennes Stimme – in einzelnen Portionen verpackt – im Handel zu kaufen wäre, würde ich mich davon ernähren."

Das muss Liebe sein – oder ist Robert tatsächlich seiner Fabienne verfallen?

Nach diesem gelungenen langen Abend mit guten Gesprächen steht das Wochenende bevor. Perfekter kann es eigentlich gar nicht mehr beginnen, denkt Robert.

Schließlich begleicht Robert die Rechnung und die beiden gehen nach Hause. Die frische Luft und etwas Bewegung tut ihnen gut.

Zu Hause sagt Fabienne:

„Ich will dir jetzt etwas Gutes tun, mein Robert. Etwas, wovon du schon lange träumst. Sag jetzt nichts, lass es mich machen und genieße es. Ich liebe dich Robert, darum tue ich es."

Er ahnt natürlich, was kommt.

„Magst du es gleich hier und jetzt? Oder soll ich mich vorher umziehen und abschminken?"

„Nein, nein, bitte bleib so, ich kann es nicht mehr erwarten. Aber bitte erwarte nicht – und lache nicht über mich – dass ich das lange durchstehe."

„Keine Sorge mein Liebster, ich weiß. Es wird nicht das letzte Mal bleiben, Robert. Darum stress dich nicht, ich würde dich nie auslachen, mein Liebster. So wie es kommt, so kommt es."

Nun müssen beide laut lachen. Die Situation ist völlig entspannt und Robert ist froh, dass sie beide über das Wortspiel lachen können.

Fabienne stellt sich vor Robert, küsst ihn jedoch nur kurz. Robert riecht an ihrem Hals und legt seinen Arm um ihre Taille, dann streichelt er über ihre Wangen und ihr Gesicht und streicht mit einem Finger sanft über ihre Lippen. Er öffnet ihre Bluse, zieht die BH-Träger herunter und berührt ihre Brüste, was nicht nur ihn erregt, sondern auch Fabienne. Sie öffnet ohne Umschweife Roberts Hose und schiebt seine Boxershorts hinunter. Robert schiebt Fabiennes Kostümrock hoch, um ihren Po spüren zu können und streicht danach über die Innenseiten ihrer

Oberschenkel. Dann geht Fabienne in die Hocke. Fabienne blickt nochmals nach oben und schaut Robert tief in die Augen. Dann öffnet sie ihren Mund und streicht mit ihrer Zunge verspielt über ihre Lippen, dann nimmt sie sein Glied in den Mund und liebkost mit ihrer Zunge seine Eichel.

Sie blickt wieder hinauf zu Robert und gibt immer wieder ein „Mmh" von sich. Robert kann sich nicht mehr halten, zu lange hat er davon geträumt. Er stöhnt laut auf und explodiert in Fabiennes Mund. Sie hält still und nimmt sein Sperma in sich auf. Schließlich steht sie leicht schwankend auf, denn auch sie ist sehr erregt, umarmt und küsst ihn zärtlich.

Robert drückt Fabienne fest an sich und streichelt sie. Er ist überglücklich und nimmt sich vor, Fabienne bald ebenso zärtlich zu verwöhnen.

11. Wieder zu Hause: Die Uhr

Die ersten Sonnenstrahlen scheinen durchs Fenster. Als Robert wach wird, versucht er ganz leise zu sein, um Fabienne ausschlafen zu lassen. Er steht auf, nimmt eine Dusche und zieht sich an. Dann macht er sich auf die Suche nach seiner Omega-Seamaster. Er stellt die ganze Wohnung auf den Kopf und sieht sogar im Auto nach, auch zwischen den Sitzen, überall. Die Uhr kann er dabei leider nicht finden.

Er ist traurig und öffnet seinen Laptop, um mit dem Hotel Kontakt aufzunehmen. Robert gibt die Homepage der Hotels ein; als er die Meldung bekommt: Seite nicht gefunden, vermutet er, dass er sich vertippt hat. Er erinnert sich daran, dass sie doch schon mal vergebens versucht hatten, die Internetseite des Schloss-Hotels aufzurufen. Okay, dann eben über eine Suchmaschine. Robert probiert wirklich alles, jedes nur erdenkliche Schlagwort – nichts. Es wird ihm nun schon zu bunt, als Fabienne ins Wohnzimmer kommt.

„Guten Morgen, mein Liebling, hast du gut geschlafen? Was treibst du denn schon so energisch?"

„Ich kann die Internetseite des Hotels nicht finden. Ich kann überhaupt nichts über dieses dämliche Schloss finden. Ich bin doch nicht blöd. Meine Uhr kann ich auch nicht finden, ich habe überall nachgesehen. Das gibt es doch nicht! Fabienne, hast du sie nicht doch gesehen? Vielleicht hast du sie doch irgendwo eingepackt", sagt Robert etwas aufgebracht.

Fabienne verneint. Sie hat die Uhr nicht gesehen. Robert fragt sie nach den Buchungsbestätigungen

„Die Bestätigungen sind noch immer dort, wo du sie zusammengefaltet hineingesteckt hast. In deinem zweiten, größeren Portemonnaie."

Robert zieht die beiden Zettel daraus hervor. Darauf wird er wohl die Kontaktdaten des Hotels finden, ist er sich sicher. Er faltet die Ausdrucke auseinander, sieht sie an und dreht sie um. Robert springt auf und wirft die leeren Zettel auf den Boden. Er hat doch keine leeren Bestätigungen ausgedruckt? Fabienne hebt die zu Boden geworfenen Seiten auf und fragt: „Bist du ganz sicher, dass es keine Leerseiten waren? Du weißt, dass der Drucker mit der Verbindung ab und an Probleme hat und nicht ordnungsgemäß arbeitet. Aber du musst noch die E-Mails im Eingangsordner haben, denn du hast die Bestätigungen ja im Anhang zugesendet bekommen", meint Fabienne.

„Du bist super! Das ist es, die E-Mails."

Robert sieht sofort nach. Doch er kann keine E-Mails vom Hotel finden und fragt Fabienne, ob sie zufällig die E-Mails gelöscht hat. Nein, Fabienne hat seinen Laptop nicht mal angefasst. Nun ist auch Fabienne misstrauisch geworden. Sie setzt sich zu Robert, nachdem sie sich frisch gemacht, bequem angezogen, zwei Tassen warme Milch und Croissants mitgebracht hat. Die beiden suchen im Internet, jeder schlägt diverse Schlagwörter vor, doch leider ohne Ergebnis.

„Das kann doch unmöglich sein, dass wir überhaupt nichts finden können", meint Fabienne.

Sie durchforsten auch noch Hotelbewertungs-Seiten – leider auch vergebens. Robert steht auf.

„Das kann doch nicht mit rechten Dingen zugehen!"

„Robert, das finde ich auch höchst seltsam! Wo waren wir wirklich? Ich habe ein eigenartiges Gefühl. Kein gutes Gefühl."

„Was meinst du mit ‚kein gutes Gefühl'? Wir waren dort und wenn die keine Homepage mehr haben, dann fahre ich nochmals hin und hole mir die Uhr persönlich ab – und zwar jetzt gleich."

„Das ist viel zu weit zu fahren für einen Tag", meint Fabienne.

„Dann bleibe ich eben eine Nacht im Hotel, aber auf deren Kosten, und komme morgen, sofort in der Früh wieder retour, das verspreche ich dir."

Fabienne ist nicht begeistert über Roberts Vorhaben, versteht ihn jedoch und außerdem will auch sie endlich wissen, was da los ist. Sie umarmen sich und Robert will sofort los. Er will sich beeilen und mit Fabienne in Kontakt bleiben.

„Robert, hast du dir das auch gut überlegt? Ich habe echt kein gutes Gefühl dabei."

„Ich fahre zum Hotel, sonst nichts, ich will nur die Uhr wieder haben und denen die Meinung sagen, das kann doch nicht sein – in der heutigen Zeit. Wo leben wir denn, sicher nicht im Nirgendwo."

Robert packt das Nötigste ein und verabschiedet sich von Fabienne, die ihn fest drückt:

„Pass auf, Robert, sei bitte vorsichtig und melde dich. Ich bin zu Hause und warte auf dich." Robert küsst Fabienne auf den Mund, auf die Wangen und auf die Stirn.

„Mach dir keine Sorgen, ich bin spätestens morgen wieder zurück, vielleicht auch noch heute, mal sehen."

Robert verlässt die Wohnung und fährt mit dem Lift in die Tiefgarage. Fabienne trinkt ihre mittlerweile kalt gewordene Milch und sieht zu den auf dem Vorzimmerschrank liegenden fünf roten Rosen, die leider schon ihre Köpfe hängen lassen. Sie hatte vergessen, sie ins Wasser zu stellen.

Robert steigt aufs Gas und fährt meist viel schneller als erlaubt ist. Er will so rasch wie möglich das Schloss-Hotel erreichen. Er macht keine Pausen, ist verbissen und wütend. Er will Klarheit und außerdem will er seine Uhr wiederhaben und so schnell wie möglich zu Fabienne zurückkehren. Viele Gedanken schwirren ihm durch den Kopf, Positives und Negatives, meist zu viel und alles auf einmal. Robert fährt sich durchs Haar und versucht, sich auf die Straße zu konzentrieren. Sein Sportwagen ginge noch viel schneller, doch Robert will auch sicher ans Ziel kommen. Dennoch überholt er meist viel zu riskant.

Einige Stunden später nähert er sich der Taleinfahrt, nun bleibt er doch stehen, um eine kurze Rast einzulegen. Er vertritt sich die Beine, trinkt aus der mitgebrachten Wasserflasche und isst das von Fabienne eingepackte Croissant. Er denkt an sie und lächelt. Robert geht um seinen Wagen herum und sieht ins Tal hinein. Es ist kühl geworden hier oben. Der Blick ins Tal lässt kein gutes Wetter erahnen: dichte, tief hängende Wolken und Nebelschwaden. Kein einladendes Wetter, denkt Robert. Er sieht weder Schilder noch Wegweiser. All dies war ihm beim ersten Mal nicht aufgefallen. Ja, manchmal kam ihnen schon etwas komisch vor, aber die Vorfreude auf das gemeinsame Wochenende war so groß, dass es ihnen nicht auffiel. Im Nachhinein ist man immer klüger, denkt Robert. Die nehmen das mit der Beschilderung nicht so genau, genauso wie den Internetauftritt.

Die haben es nicht nötig, wie es scheint. „Geheimtipp", ja, das wird wohl wirklich am ehesten zutreffen. Robert steigt wieder in den Wagen und biegt in dieselbe schmale Straße ein wie vor einer Woche. Er fährt zügig, als er im Rückspiegel die Lichthupe eines anderen Autos hinter sich bemerkt. Robert hält genervt an und denkt, er wäre zu schnell unterwegs gewesen. Sogar hier wird man zur Kasse gebeten, wo ansonsten keine Menschenseele zu sehen ist, denkt er ärgerlich.

„Hallo", hört er eine tiefe Männerstimme durch das geöffnete Fenster.

„Hallo, Sie sind aber kein Polizist", sagt Robert zu dem älteren Mann, der nun neben seinem Wagen steht. Er trägt eine grünlich braune Uniform. Auf dem rotgrauen Lockenkopf trägt er einen breitkrempigen Hut.

„Nein, ab dem Ende des Tals bin ich kein Polizist – das stimmt –, aber hier, hier im Tal, bin ich doch so etwas Ähnliches. Ich bin Revierförster, der verantwortliche Ranger für die Gegend, wissen Sie. Ich kümmere mich um Wald, Wiese, auch um Tier und Mensch, sobald sie mein Revier betreten. Nun würde ich gerne wissen, was Sie ins Tal verschlägt. Ich sah sie zuvor anhalten und beobachtete Sie. Danach bin ich Ihnen gefolgt. Ich kenne Sie nicht und Touristen haben wir hier   bis auf einige Wanderer und Menschen, die Natur erleben wollen – so gut wie keine. Ich bin befugt, Sie das zu fragen. Zum Pilzesuchen sind Sie vermutlich nicht hergekommen, oder? Ein Wilddieb scheinen Sie auch nicht zu sein. Mit Ihrem Schuhwerk kommen Sie hier auch nicht weit. Also: Was tun Sie hier und was wollen Sie in meinem Tal?"

„Also *mein Tal* ist wohl etwas übertrieben, oder?" Robert ist sichtlich genervt und will endlich weiter. „Das war nicht so gemeint, verzeihen Sie, Monsieur", sagt er dann jedoch beschwichtigend. „Ich will keinen Ärger verursachen, ich will nur zum Schloss-Hotel, um ein paar Dinge zu klären, nicht mehr."

„Sie haben wohl zu tief ins Glas geschaut, Monsieur! Für wie blöd halten Sie mich, ich kenne die Gegend wie meine Westentasche – nein – ich kenne sie besser als meine Westentasche und ich kann Ihnen eines ganz sicher sagen: Ein Hotel werden Sie hier nicht finden."

Robert blickt nach oben, durch die Bäume hindurch und ein kalter Schauer läuft ihm über den Rücken.

Es schaudert ihn, denn auf dem Hang ist kein Schloss, kein Hotel zu sehen! Was ist hier los? Mit wem steckt der Ranger unter der Decke, Robert ist doch nicht verrückt? Sicher ist es der Ranger, der schon ein paar Gläser zu viel gekippt hat, ist Robert überzeugt.

„Monsieur, ich war vergangenes Wochenende mit meiner Freundin hier im Schloss-Hotel. Wir waren definitiv dort oben!"

Robert steigt nun aus, sieht den Ranger an und sagt:

„Mein Herr, sehe ich aus, als ob ich zum Zelten hier bin? Sehe ich aus wie ein Wanderer oder ein Pilzesammler? Ich will nochmals zum Hotel, weil ich meine Uhr holen will, die ich dort vergessen habe, nicht mehr und nicht weniger. Ich weiß nicht, warum ich mich bei Ihnen dafür rechtfertigen muss." Robert tritt näher an den

Ranger heran und sieht ihm eindringlich in die Augen: „Und jetzt fahre ich weiter, ist das klar?"

Der Ranger sieht die Situation nun wieder etwas gelassener: „Sie kommen sowieso nicht weit, mein Freund. Wie in Gottes Namen haben Sie vor, durch die Absperrung zu gelangen? An der vierten Kurve ist Endstation für Sie. Oder haben Sie Schweißgeräte und Bolzenschneider dabei, um die Ketten abzubekommen?" Der Ranger lacht.

„Monsieur, lassen Sie uns vernünftig reden. Ich bin nun wirklich am Ende meiner Geduld."

„Ich auch", sagt der Ranger. Er notiert sich das Kennzeichen von Roberts Wagen, macht sich Notizen und gibt über Funk eine Standortmeldung ab. Als Robert zu seinem Smartphone greift, sagt der Ranger:

„Vergessen Sie's, hier gibt es keinen Empfang. Die Talwände schirmen das mobile Netz ab. Hier funktioniert nur der gute, alte Funk. Wenden Sie nun bitte vorsichtig, es ist sehr schmal hier."

„Wollen Sie es nicht kapieren oder können Sie es nicht? Ich werde jetzt weiterfahren und Sie werden mich nicht aufhalten. Ich kann mir nicht vorstellen, dass Sie in einer Woche eine so dermaßen sichere Absperrung hinbekamen, die ich mit meinem Wagen nicht überwinden kann! Letztes Wochenende konnten wir nämlich noch ohne Hindernisse zum Schloss-Hotel fahren."

„Dann fahren Sie, Sie Idiot, ich warte hier auf Sie, denn Sie sind in zehn Minuten wieder retour."

Robert geht zum Wagen und steigt ein. Als der Ranger gerade via Funk eine Anzeigenmeldung an die Zentrale absetzen will, durchfährt ihn wie ein Blitz ein Gedanke. Er runzelt die Stirn, nimmt den Hut ab und fährt sich über Kopf und Gesicht.

„Das kann doch nicht sein", murmelt er. Auf seinen Unterarmen hat sich Gänsehaut gebildet. Er dreht sich um.

„Monsieur, warten Sie, halt."

Robert steigt wieder aus dem Wagen und lässt die Tür weit offen stehen: „Was wollen Sie noch von mir?"

„Monsieur, sagten Sie Schloss?"

„Ja, warum? Ich will nochmals kurz zum Schloss-Hotel, wie ich es schon sagte. Dann bin ich wieder weg! Dann können Sie *Ihr Tal* wieder ganz für sich alleine haben. Ich will *Ihr Tal* sicher so schnell wie möglich wieder verlassen. Ich hasse Ihr verdammtes Tal mit seinen roten Wäldern, roten Blättern, roten Felswänden und seinen beschissenen roten Lichtern", schreit Robert nun aufgebracht.

Der Ranger setzt seinen Hut wieder auf. Es scheint so, als ob er an etwas erinnert wurde, als ob er Robert glaubt, dass an dem, was er sagt, etwas Wahres dran sein könnte. Der Ranger wirkt nachdenklich und sein Blick, seine Stimme verheißen nichts Gutes. Robert ist irritiert.

„Was um alles in der Welt ist hier los?"

„Okay, okay, beruhigen Sie sich bitte, ich helfe Ihnen. Sie können sich jetzt von der Absperrung vergewissern und ich warte hier auf Sie, oder Sie können mir gleich folgen."

„Folgen? Wohin soll ich Ihnen folgen?", fragt Robert verunsichert.

„Ich gebe Ihnen einen Kaffee aus, ich muss mit Ihnen reden. Glauben Sie mir, es wird Sie interessieren. Versprechen kann ich

Ihnen aber nichts. Ich hörte da früher mal was über die Gegend. Kommen Sie."

In diesem Augenblick verdichten sich die Wolken.

„Es scheint ein Unwetter aufzukommen, folgen Sie mir, schnell, das kann hier rasch ziemlich gefährlich werden. Kommen Sie, fahren Sie mir nach."

Ein heftiger Sturm zieht auf und es blitzt und donnert. Die Bäume schwanken furchteinflößend und es scheint, als wäre das Tal enger, erdrückender geworden. Es wird düster und dann schlägt ein Blitz ganz in der Nähe in eine Baumkrone ein. Robert und der Ranger werden durch die Wucht zu Boden geschleudert. Äste fliegen durch die Luft.

Der Ranger rappelt sich auf und ruft Robert zu: „Kommen Sie jetzt, sofort! Steigen Sie in Ihren Wagen und folgen Sie mir, sonst geschieht noch ein Unglück." Sein Hut wird weit in den Wald hineingetragen.

Beide steigen in ihre Autos und haben große Probleme, sie auf der schmalen Straße zu wenden. Beide Autos haben Dellen und Sprünge in den Windschutzscheiben abbekommen. Sie verlassen fluchtartig den Wald, raus aus dem schier erdrückenden Tal. Wieder auf der normalen Straße angelangt, fahren die beiden in den Ort und der Ranger hält vor Robert vor einem alten Kaffeehaus.

„Das war knapp", keucht Robert und steigt aus dem Wagen. Der Ranger legt seine Hand auf Roberts Schulter und die beiden betreten das Café.

„Ranger, was treibst du bei dem Wetter draußen?", fragt die Kellnerin. „Hast du jemandem das Leben gerettet? Bei dem Unwetter sollte man nicht unterwegs sein", murmelt sie mit finsterer Miene Richtung Robert. „Unser Ranger darf Ihnen dann den Arsch retten und sein Leben riskieren, nur weil Sie die Gesetze der Natur nicht wahrhaben wollen. Immer das Gleiche mit den Leuten aus der Stadt", ergänzt sie vorwurfsvoll.

„Na na, ganz so hat es sich nicht zugetragen. Seien wir doch froh, dass nichts passiert ist."

Die resolute Kellnerin wirft Robert einen versöhnlichen Blick zu und fragt: „Zweimal Kaffee, Baguettes, Butter, Käse und Wurst, oder?"

„Das wäre toll", sagt Robert.

„Kommen Sie, wir setzen uns dort hinten hin", fordert der Ranger ihn auf.

„Was wissen Sie? Was möchten Sie mir sagen?", fragt Robert neugierig.

„Setzen wir uns doch erst mal und atmen wir durch. Wir brauchen uns nicht zu beeilen, Sie können bei dem Unwetter sowieso nicht weiterfahren."

Robert sieht das ein, beruhigt sich, fährt sich durch die Haare und streicht sich übers Gesicht. Er nimmt Platz, als sein Handy klingelt. Es ist Fabienne.

„Robert, bist du gut angekommen? Ist alles okay bei dir?"

„Hallo mein Liebling. Ja, danke, es ist ein Unwetter aufgekommen, aber ich bin in der nahegelegenen Ortschaft eingekehrt. Kein Anlass zur Besorgnis. Ich melde mich heute nochmals bei dir und sag dir, ob ich noch heute oder morgen nach Hause komme. Ist bei dir auch alles soweit okay?"

„Ja, natürlich, alles okay, du fehlst mir, Robert, gib gut Acht auf dich."

„Ich konnte meiner Freundin Fabienne nicht sagen, was hier tatsächlich los ist", sagt Robert.

„Das kenne ich. Es würde sie aufregen."

„Ranger, wie heißen Sie?"

„Ich heiße Rousel und Sie?"

„Ich heiße Robert. Rousel, sehr passender Name übrigens", kann sich Robert ein Grinsen nicht verkneifen. „Sie hatten wohl schon als Baby feuerrote Haare."

Der Ranger nickt nur, er ist es gewohnt, wegen seines Namens und seiner Haare geneckt zu werden.

In der Zwischenzeit hat auch die mittlerweile sehr freundliche Kellnerin das Bestellte an den Tisch gebracht.

„Na, ihr habt wohl etwas zu besprechen. Ist das beste Wetter dazu, es stürmt und schüttet wie aus Eimern."

Robert und Rousel sehen sie an und nicken.

„Bin schon weg", sagt sie und verschwindet.

„Robert, wo wollen wir beginnen? Ich möchte zuerst klarstellen, dass es drinnen im Tal kein Hotel oder Schloss oder dergleichen gibt, aber tatsächlich eine Absperrung. Glaubst du mir?"

„Es ist kaum zu glauben, aber wenn du es sagst, wird es so sein. Ich war aber trotzdem mit Fabienne vergangenes Wochenende im Tal im *Schloss-Hotel*. Wir fanden auf etwas eigenartige Weise dieses Angebot, haben gebucht, bezahlt und waren eben auch da!"

„Auf welches Konto ging die Zahlung?"

„Das Geld wurde nie abgebucht. Ich erhielt aber eine Zahlungsbestätigung, die aber verschwand, und auch die Homepage ist weg. Im Internet findet man nichts mehr über dieses Hotel, es ist nicht zu glauben, was hier vor sich geht."

Rousel trinkt aus seiner Tasse und schneidet sich ein Baguette auf.

„Hm, es kann zwar nicht sein, aber als du vorhin das Schloss erwähnt hast und auch noch die Farbe Rot, da erinnerte ich mich an etwas. Ganz vage, ganz weit hinten, wenn du weißt, was ich meine, aber es war da."

Rousel krempelt sich die Hemdsärmel hoch, lehnt sich nach vorn und sieht zuerst Robert an, dann blickt er zum Fenster hinaus.

„Ich war noch ganz klein und du kannst dir vorstellen, dass das mehr als ein paar Jahre her ist. Ich könnte sicher locker dein Vater sein, Robert. Es war im Sommer, wir waren im Haus, das Wetter war so ähnlich wie heute. Mein Bruder und ich saßen auf dem Schoß unserer Urgroßmutter. Sie hatte ihr ganzes Leben in der Gegend verbracht und war von der harten Arbeit am Land geprägt. Trotzdem war sie immer eine besondere Frau für uns. Sie hatte etwas Mystisches, etwas Erhabenes an sich – war immer freundlich, aber zurückhaltend. Wir saßen also bei ihr auf dem Schoß, als sie uns fragte, ob wir eine Geschichte, eine wahre Geschichte aus dem Tal hören wollten. Na klar wollten wir und wir lauschten gespannt. Die Urgroßmutter erzählte uns eine Geschichte ihrer Urgroßmutter. Also war sie schon eine ganze Weile her, diese angeblich wahre Geschichte. Sie sagte, das Tal war immer schon ein umkämpftes Gebiet gewesen. Es gab nur einen Taleingang und keine weitere Möglichkeit, in das Tal zu gelangen. Man brauchte daher nur diesen Eingang zu bewachen und zu verteidigen. Die Gegend hier war immer schon sehr fruchtbar, früher lebten hier mehr Menschen, viel mehr. Es war eine beliebte Gegend, man konnte gut leben. Die Herrscher hatten ihren Sitz immer im Tal. Die Menschen standen unter ihrem Schutz, hatten aber auch genügend Freiraum. Keiner konnte sie von links, von rechts oder von hinten angreifen. Nur von vorn, von der Talöffnung. Diese war aber immer gut bewacht."

Rousel atmet tief durch, Robert glaubt nichts von dem, was er hört, oder doch? Er weiß es einfach nicht. Rousel fährt fort: „Ich weiß noch, dass ich eingeschlafen sein muss, denn das Nächste, an das ich mich erinnern kann, war die Aussage: Les Rouges, die Roten, sie werden niemals zur Ruhe kommen. ... Das erzählte uns damals unsere Urgroßmutter", schloss Rousel.

Robert schüttelt den Kopf:

„Das wolltest du mir sagen? Ist das alles? Was soll ich damit anfangen? Das hilft mir nicht weiter."

„Ja, schon, aber was erwartest du, wir sind zwei Männer, die beide offensichtlich mit beiden Beinen fest im Leben stehen, und wir haben beide nichts mit Schauermärchen und Spukgeschichten am Hut. Ich kann genauso wenig wie du mit dieser angeblich wahren Geschichte etwas anfangen."

„Es war eine Geschichte, die eurer Urgroßmutter von ihrer Urgroßmutter erzählt wurde und angeblich wahr ist, was auch immer sie nun genau erzählte, während du geschlafen hast. Was ist mit deinem Bruder? Er könnte doch wach gewesen sein und diese Legende gehört haben?"

„Leider starb er früh, mehr will ich dazu nicht sagen. Überleg mal, Robert, du kommst zu uns, willst in das Tal und erzählst mir die unglaubliche Geschichte, dass du mit deiner Freundin vergangenes Wochenende in einem Schloss im Tal verbracht hast. Dann erwähnst du in einem Wutanfall noch die Farbe Rot und dass du dir deine Uhr holen willst. Deine Uhr! Wo soll sie denn sein? Es gibt kein Schloss-Hotel. Was willst du? Was erwartest du? Ich finde, deine Geschichte hört sich nicht viel glaubwürdiger an als die Story der Urgroßmutter meiner Urgroßmutter, oder?"

Robert nickt, als die Kellnerin an den Tisch kommt.

„Also, es war für mich nicht zu überhören, was ihr besprochen habt. Ich empfehle euch, das Archiv im Ort aufzusuchen. Auch mir hat vor vielen Jahren meine Großmutter alte Geschichten aus dem Tal erzählt. Es sollen hier noch immer gewisse ‚Dinge in der Luft liegen'. Mehr weiß ich auch nicht."

Dann geht sie wieder an die Arbeit. Die beiden sehen zum Fenster hinaus. Inzwischen hat es zu regnen aufgehört.

„Rousel, hast du Zutritt zum Archiv?"

„Ich habe überall Zutritt …"

„Genau, ist ja auch *dein Ort*, oder? Gibt es auch etwas, was dir nicht gehört?", sagt Robert lachend.

„Lass mich überlegen, hm, ja, meine Frau, sie gehört definitiv nicht mir, dieser Besen", antwortet Rousel ebenso lachend.

Die beiden bezahlen und verlassen das alte Kaffeehaus.

„Werden wir länger brauchen? Ich sollte mir noch eine Schlafgelegenheit suchen."

„Wir vermieten ein Zimmer an Touristen, falls sich wieder mal welche in die Gegend verirren. Wenn du willst, kannst du es haben", bietet ihm Rousel an.

Robert schreibt Fabienne eine SMS und bittet sie um Verständnis, dass er über Nacht bleiben wird und dass sie sich keine Sorgen machen soll. Er würde sich noch heute Abend, spätestens morgen in der Früh bei ihr melden. Alles wäre soweit okay, aber es sei stürmisch und morgen sollte das Wetter wieder besser sein. Fabienne schreibt zurück, dass sie lieber telefonieren würde, aber wenn es Robert gut gehe, wäre es okay. Bei ihr sei auch alles in Ordnung, sie liebe ihn und wünsche ihm eine gute Nacht und süße Träume. Fabienne macht sich zwar insgeheim Sorgen, ist aber überzeugt, dass Robert die Angelegenheit im Griff hat.

Robert und Rousel machen sich auf den Weg ins Archiv. Es liegt nicht weit entfernt und Rousel stellt fest, dass Laetitia glücklicherweise gerade da ist. Er kennt Laetitia schon lange und bittet sie, einige Recherchen durchzuführen. Damit hat Laetitia kein Problem, sie weiß, dass auf Rousel Verlass ist.

Laetitia erklärt den beiden noch die Geräte, wie sie Artikel über alle möglichen und unmöglichen Sachgebiete finden können und noch mehr. Rousel war schon einige Male im Archiv gewesen, daher kennt er sich schon ein bisschen aus. Schließlich verabschiedet sich Laetitia und wünscht ihnen viel Erfolg. Rousel und Robert sehen sich um und legen eine bestimmte Vorgangsweise fest. Beiden ist das methodische Vorgehen nicht fremd, daher ergänzen sie sich gut und bald wissen sie, wie sie beginnen wollen. An die alte EDV-Anlage muss sich Robert jedoch erst gewöhnen.

„Was willst du, Robert, die Computer sind auf dem neuesten Stand, gestern erst eingetroffen", lacht Rousel laut. Er bringt zwei große Wasserflaschen und Gläser und setzt sich zu Robert an den Tisch.

Zur selben Zeit macht es sich Fabienne zu Hause gemütlich. Sie hat sich die Haare gewaschen und kuschelt sich auf die Couch im Wohnzimmer. Sie schaltet den Fernseher an, ist in Gedanken jedoch bei Robert.

„Kann es losgehen?", fragt Rousel.

„Sicher, aber Rousel, darf ich ehrlich zu dir sein, ich kann die Uhr nicht und nicht aus meinem verdammten Kopf bringen, es macht mich wahnsinnig, nicht zu wissen, wo sie ist. Sie muss dort sein."

„Dort? Wo dort?"

„Dort, wo das Schloss-Hotel ist, als wo es …, du weißt schon."

Rousel schüttelt den Kopf und schlägt mit der Hand auf den Tisch:

„Dann lass uns dort hinfahren, in Gottes Namen, mir lässt deine dämliche Uhr auch keine Ruhe mehr. Wir kommen eben erst später wieder zurück. Wir haben die ganze Nacht Zeit, wenn es sein muss. Ich habe einen Metalldetektor im Wagen, der wird uns helfen."

Robert weiß, wenn sie die Uhr wirklich finden würden, dann wäre das durchaus ein Beweis, dass zumindest er dort gewesen sein muss. Rousel zweifelt daran, dass sie fündig werden, sagt dies Robert aber nicht. Das Wetter hat sich beruhigt, es ist möglich, in das Tal hineinzufahren, ohne um sein Leben fürchten zu müssen.

Sie fahren mit Rousels Wagen los in Richtung Tal. Keiner sagt ein Wort. Die Anspannung steigt, als die Straße enger und der Wald dichter wird. Robert überzeugt sich von der Absperrung, die am vergangenen Wochenende noch nicht da war.

„Die Absperrung war sicher da, sie ist schon ewig da. Auch wenn du und deine Fabienne was anderes gesehen habt, dann war es sicherlich nicht real", erklärt Rousel. „Falls sich das alles in der Tat so zugetragen hat, wie du mir das weismachst", fügt er noch hinzu.

Robert antwortet nicht, er schüttelt nur den Kopf. Du wirst es schon noch sehen, denkt er. „Du glaubst immer noch, dass ich mich in meiner Freizeit gerne in Wäldern herumtreibe, oder?", sagt er laut.

„Nein, bestimmt nicht, du würdest hier keinen Tag überleben", antwortet Rousel schmunzelnd.

Robert kann es nicht mehr erwarten, was anstatt des Schloss-Hotels zu sehen ist, wenn es das wirklich nicht geben sollte.

Der Wagen schaukelt etwas, kleinere und größere Äste liegen auf der Straße, die Rousel überfahren muss. Zum Glück gibt es keine größeren Probleme, Rousel hat einen älteren, aber sehr robusten Geländewagen.

„Robert, gleich sind wir da, wie fühlst du dich?"

Robert schweigt und klopft mit der linken Hand auf das linke Knie, während er sich mit der rechten Hand festhält, da immer wieder abgebrochene Äste um- und überfahren werden müssen. Er kann sich noch immer nicht vorstellen, nun gleich an der Stelle, an der das Schloss-Hotel stand, nichts mehr vorzufinden. Robert bittet Rousel anzuhalten, als sich das Tal weitet. In der Dunkelheit ist nicht viel zu erkennen, aber er hat das Gefühl, genau hier richtig zu sein. Rousel hält an, lässt den Motor aber laufen und sieht Robert an.

„Bereit?", fragt er Robert.

„Klar, bereit", antwortet Robert mit festem Blick. Sie steigen aus und lassen das Fernlicht eingeschaltet, um etwas mehr von der Umgebung zu erkennen. Robert sieht sich um: „Ja, da ist es, da geht es rechts rauf zur Ebene, da ist das Schloss-Hotel. Es sind vielleicht zweihundert Meter."

Rousel öffnet den Kofferraum seines Geländewagens und nimmt einen großen Handscheinwerfer heraus. Sie gehen weiter, während Rousel die ganze Gegend ausleuchtet und auch – soweit das Licht reicht – in das Tal hinab.

„Leuchte rauf, leuchte nach oben", ruft Robert und erkennt die reflektierenden Felswände. „Ja, hier ist es", sagt er, als sie die Ebene erreichen.

„Hier gibt es alles Mögliche, aber weder ein Schloss noch ein Hotel. Glaubst du mir nun?"

Robert zittern die Knie, er traut seinen Augen nicht. Es gibt Wald, es gibt eine Ebene, ja, ein flaches Stück Land, aber kein Gebäude. Kein Anwesen, kein Hotel, kein Schloss, nichts. Wie ist das möglich? Ist das jetzt eine „Erscheinung der dritten Art", ist das nun gerade real, oder war es am Wochenende real?

Robert dreht sich im Kreis, steht mitten auf der Ebene, dort, wo das Schloss stand. Er fasst es nicht. Rousel sondiert mit dem Scheinwerfer das Umfeld und holt das Gewehr aus dem Wagen, nicht nur um sich sicherer zu fühlen, sondern auch weil er Roberts Fassungslosigkeit bemerkt. Hier stimmt etwas ganz und gar nicht.

Rousel will für alle Eventualitäten gerüstet sein und Robert und sich selber im Falle des Falles Schutz bieten können. Auch für Rousel steht nun außer Frage, dass Robert die Wahrheit sagt.

Robert ist aschfahl im Gesicht, er starrt in die Gegend, dreht sich im Kreis, streckt die Hände in die Höhe und brüllt: „Was ist hier los, was wollt ihr, wer seid ihr, wo zum Teufel ist das Schloss-Hotel?"

Er ist völlig fassungslos. Wie soll er das nur Fabienne beibringen?

„Komm schon. Es gibt einen Grund, weshalb wir hier sind, schon vergessen? Deine Uhr!"

„Ja, natürlich", beruhigt sich Robert und versucht sich die Situation vom Wochenende vorzustellen.

„Wo stand das Schloss und wo war der Eingang, kannst du dich erinnern? Versuche es dir nochmals vorzustellen, konzentriere dich", sagt Rousel.

Er stellt den Scheinwerfer auf den Boden und holt den Metalldetektor aus dem Wagen. Er bittet Robert, ungefähr anzugeben, wo der Eingang der Hotels war. Nach anfänglichen Schwierigkeiten ist es so weit, Robert stellt sich an eine Stelle:

„Hier, Rousel, genau hier."

„Okay, und nun komm her zu mir, drehe dich wieder um und jetzt überlege mal, wo euer Zimmer ungefähr hätte sein können. Wenn du die Uhr liegen gelassen hast, dann am ehesten im Zimmer, oder?"

„Nun ja, ich nehme sie beim Schlafen ab und ... JA, JA, du bist ein Genie, Rousel, ich habe sie in eine Schublade gelegt. Du hast recht!"

„Wo war das, Robert, komm schon, wo war das ungefähr?"

Robert geht umher, dann etliche Meter nach links und noch weiter zurück. Robert erinnert sich, dass er vom Hoteleingang ihre Zimmerfenster sehen konnte.

„Also hier, hier in diesem Bereich muss es gewesen sein."

Es ist eine Fläche von ungefähr zehn mal zwanzig Metern. Rousel schaltet seinen Metalldetektor ein und schreitet die Fläche ab, während er den Detektor hin- und herschwenkt.

In der Zwischenzeit hat sich das Wetter weiter gebessert. Nur noch ab und zu ist eine Windböe zu spüren. Aber alles ist nass, es ist finster und es ist kalt. Man hört das Knacken des Gehölzes und immer wieder drehen sich die beiden um, ob sich im Unterholz nicht doch irgendetwas oder irgendjemand verbirgt. Es herrscht eine gruselige Stimmung.

Plötzlich schlägt der Detektor an.

„Sieh nach, was da ist", ruft Robert aufgeregt.

Rousel kniet sich auf den Boden und schiebt Äste zur Seite. Er beugt sich nach vorn und greift zwischen zwei große, rechteckige Steinblöcke, die wie Reste eines alten Fundaments aussehen.

„Warte mal, ich hab etwas, da ist was."

„Was ist es, ist es die Uhr?"

Rousel stützt sich ab und zieht seine Hand zwischen den beiden Steinblöcken wieder heraus. Die Anspannung ist beiden anzumerken.

„Was ist es, Rousel?", fragt Robert ungeduldig.

„Verdammt, warte, in der Tat - eine Uhr." Rousel ist verblüfft.

„Ich habe es dir doch gesagt!", ruft Robert. Es ist tatsächlich seine Uhr.

„Wie zum Teufel nochmal kommt deine Uhr hierher?"

Rousel ist platt. Er ist Ranger und er ist Realist. Nun sieht er aber die Uhr in seinen Händen, die unversehrt und nur etwas schmutzig ist. Rousel sucht weiter, womöglich gibt es hier noch weitere Gegenstände.

„Lass es bleiben, Rousel, hör auf, wir haben, wonach wir gesucht haben. Wir haben unsere Bestätigung, lass uns zurückfahren, zum Archiv und unsere Recherche beginnen."

Rousel stimmt zu und packt zusammen. „Ihr seid wohl die einzigen Gäste hier gewesen. Es kann doch nicht sein, dass man sonst nichts findet? Leute vergessen und verlieren immer wieder etwas, oder?"

Robert überlegt: „Ein weiterer – sicher real anwesender - Gast war noch da, das weiß ich. Ich kenne die Dame von früher. Aber komm, lass uns von diesem unheimlichen Ort abhauen, ich fühle mich hier von allen Seiten beobachtet."

Während der Rückfahrt denkt Rousel nochmals darüber nach, wie die Uhr dorthin hat kommen können. Es gibt theoretisch so viele Möglichkeiten, die jedoch alle keinen Sinn ergeben. Robert muss wirklich die Wahrheit sagen.

Robert hat seinen Kopf zurückgelehnt und die Augen geschlossen. Er denkt an seine Liebste, umarmt und küsst sie in Gedanken.

Als ihm wieder Rousels Aussage: ‚Ihr seid wohl die einzigen Gäste hier gewesen' in den Sinn kommt, fällt ihm ein, dass zwar nicht viele Gäste im Hotel waren, aber doch ein paar. Da waren auch noch die zuvorkommenden Angestellten. Robert öffnet die Augen und schüttelt den Kopf. Es ist Wahnsinn, einfach Wahnsinn.

„Rousel, du musst doch Informationen über dieses Tal haben, du lebst hier, kennst dich hier aus, es ist doch *dein Tal*, oder?"

„Nein, ich will es nicht mehr haben, du kannst es ab jetzt für dich beanspruchen", sagt Rousel schmunzelnd.

„Pf, ich verzichte, ich will nur wissen, was da los war, was da los ist und warum überhaupt."

„Aha, nicht mehr, zum Glück! Du willst sozusagen die ganze Wahrheit wissen. Das scheint eine ganze Menge zu sein."

Rousel parkt den Wagen vor dem Archiv und die beiden gehen hinein, um ihre Recherchen zu beginnen.

„Kaffee?"

„Gibt es auch warme Milch?"

„Na du bist mir einer, warme Milch, du meine Güte."

Rousel macht Kaffee und dann beginnen die beiden mit einem Brainstorming. Sie sammeln alles, was ihnen einfällt: Wörter, Fragen, Meinungen, Eindrücke, Befürchtungen – einfach alles, was ihnen durch den Kopf geht.

Rousel schreibt alles auf das in einer Ecke stehende Flipchart. Robert findet das erst komisch und unpassend, ändert aber zunehmend seine Meinung und ist nun voll dabei. Am Ende sollte es helfen, um der Wahrheit, der Lösung näher zu kommen. Robert erinnert das an seine Studienzeit.

„Woher hast du diese Art zu arbeiten?", fragt er Rousel.

„Denkst du, nur weil wir hier im letzten Winkel Frankreichs sind, leben wir wie Höhlenmenschen und unterhalten uns mittels Rauchzeichen? Versuche mal, von einer Horde von Waldarbeitern eine Aufstellung pro und contra zu einem angedachten Projekt zu bekommen. Unmöglich, die schlagen sich vorher gegenseitig die

Köpfe ein, ehe sie sich einig werden. Dies ist immer eine erste Möglichkeit, die Männer ans Thema heranzuführen, weißt du."

„Nein, ich habe das auch nicht abwertend gemeint, dass du einer von den hellen Köpfen mit den drei Hs bist, ist mir schon aufgefallen – Herz, Hirn und Humor", sagt Robert lachend.

Trotzdem ist Robert insgeheim von Rousels methodischer Herangehensweise überrascht und beeindruckt. Er ist froh, Rousel getroffen zu haben. Er trinkt von der Milch, die Rousel in der Mikrowelle für ihn aufgewärmt hat. Rousel nimmt seine Kaffeetasse, steht auf, geht im Raum auf und ab, dreht sich um und sagt:

„Jetzt lass uns Kategorien bilden. Ich beginne mit der Kategorie *Schloss* und *Rot*."

Robert schreibt diese Kategorien nieder und fügt die Kategorien „Tal", „Jahreszahl", „Warum/Sinn" und „Sonstiges" hinzu. Rousel und Robert sind mittlerweile ein wirklich gutes Team.

Dann ordnen die beiden die im Brainstorming niedergeschriebenen Phrasen und Wörter den passenden Kategorien zu. Schließlich werden Übereinstimmungen, Zusammenführungen, zu Ergänzendes und noch weitere Gedanken, die inzwischen aufgetaucht sind, ebenfalls den Kategorien zugeordnet.

„Wir haben einen guten Ansatz, um mit den Recherchen zu beginnen, findest du nicht auch?"

„Doch, Rousel, aber je mehr ich darüber nachdenke, desto unglaublicher finde ich das Ganze. Ist dir klar, was wir hier tun? Weißt du, was das bedeutet? Kein Mensch auf der Erde nimmt uns dies Geschichte ab."

„Verstehe ich. Mir ging es ja zu Beginn auch nicht anders. Aber seit wir deine Uhr gefunden haben …", sagt Rousel nachdenklich.

12. Das Archiv: Die Recherche

Robert und Rousel machen sich an die Recherche im Archiv, nützen aber auch externe Informationsquellen.

Rousel sieht sich zuerst die komplette Gegend aus historischer Sicht an. Robert hingegen nimmt nur das Tal unter die Lupe. Nach vereinbarter Zeit treffen sich beide wieder vor dem Flipchart. Rousel ist erstaunt, wie viel er über die Gegend nicht wusste.

„Ich bin ein schönes Stück weitergekommen, es scheint alles soweit einen Sinn zu ergeben."

Robert atmet tief durch: „Ja, mir erging es gleich. Allerhand Wissenswertes über dieses Tal. Ich kann das Ganze aber noch nicht einordnen, es ist mir zu viel. Ich kann nicht mehr, ich bin müde und mir ist schlecht."

„Trink mal und sammle dich", schlägt Rousel vor. Dann setzt er sich zu Robert: „Komm, leg los, was hast du gefunden?"

„Überleg doch einmal, ich war letztes Wochenende mit meiner Freundin an einem Ort, den es nicht gibt, was soll ich da loslegen? Ich bin fertig, ich hasse das alles."

„Komm schon, Mann, reiß dich zusammen, mir geht es auch nicht besser – und ich kann diese Gegend nicht einfach so verlassen, so wie du. Ich bleibe hier und muss mich um diese Gegend kümmern, auch um das Tal. Denkst du, ich kann jemals wieder in das Tal hineinfahren, ohne an das zu denken, was du mir erzählt hast? Ich muss hier damit umgehen lernen! Lass mich jetzt nicht hängen, ich glaube dir und ich helfe dir, die Wahrheit zu finden, also fang an zu berichten."

Rousel muss sein Temperament zügeln und atmet einige Male tief durch.

„Okay, du hast ja recht! Ich will ja auch wissen, was hier los ist, ich muss alles wissen, alles, verdammt noch mal", sagt Robert.

Er beginnt etwas zögerlich zu erzählen. Rousel hat Block und Stift zur Hand und ist angespannt, als ob es um sein Leben ginge. Nun ja, wer weiß? Robert steht auf, geht im Raum herum, dreht sich dann um, geht auf Rousel zu und sagt: „Die Lösung habe ich aber nicht, Rousel."

„Du sollst endlich beginnen, Robert, verdammt nochmal."

Robert setzt sich wieder und beginnt nun zu sprechen, er hat sich beruhigt.

„Dieses Tal hat eine dunkle Vergangenheit. Es war Zufluchtsort und Herrschersitz. Das Tal war wie ein Kerker, hier fanden Schlachten, ja richtige Gemetzel statt."

Soweit Roberts persönliche, grobe Zusammenfassung. Er ist in einem Ausnahmezustand. Er denkt an Fabienne, er müsste ihr alles erzählen, er will ihr alles erzählen, aber er weiß nicht, welche Auswirkungen die Ergebnisse haben werden. Er weiß nur eines ganz genau, er will Fabienne nicht belügen.

Robert hat recherchiert, dass es im Tal immer schon Herren- und Herrschersitze gab. Auch bevor um 1000 nach Christus die ersten Burgen gebaut wurden. Im und um das Tal wurde immer schon gekämpft, geplündert, geraubt, gemordet, verteidigt und eingenommen. Der Grund war, dass es nur einen einzigen, relativ schmalen Taleingang gibt. Links, rechts und auch am Ende des Tals sind massive hohe Felswände und Berge, die unmöglich zu überwinden waren. Dementsprechend konnte man sich auf die Verteidigung des Taleinganges konzentrieren und dort alle Kräfte einsetzen. Das Tal war fast nicht einzunehmen, daher auch nicht der Herrensitz.

„Es ist gut vorstellbar, wie das damals war. Dieses Tal hatte eine enorme strategische Bedeutung."

Rousel kann dort anschließen, wo Robert geendet hat: „Die Böden des Tals sind seit jeher sehr fruchtbar, die Wiesen saftig und die Wälder gesund. Schon in frühester Zeit siedelten sich Menschen an, um hier Ackerbau und Handel zu treiben. Die Bevölkerung wurde durch die Armee des Burgherrn beschützt. Dafür mussten sie Abgaben entrichten. Es gab aber einige Wechsel in der Herrschaft. Mehr konnte ich leider noch nicht herausfinden."

„Wir sind ein Stück weiter, wir wissen, es gab im Tal eine Burg. Wir waren aber in einem Schloss. Es war ein riesiges, schönes Anwesen. Ich kann mir noch immer nicht erklären, was da los war und wieso wir das Ganze erlebt haben", sagt Robert.

Rousel ist überzeugt, dass sie noch mehr entdecken werden: „Ich weiß, dass Laetitia in ihrem PC einen Ordner mit diversen Mythen, Legenden, Erzählungen und Vermutungen angelegt hat. Den füttert sie laufend mit Geschichten, die ihr zugetragen werden und plausibel erscheinen. Ich sehe mal nach, ob ich dazu Zugriff habe."

Nach einiger Zeit der Suche findet Rousel schlussendlich den Ordner. Er ist alphabetisch in Rubriken aufgegliedert. Rousel scrollt hinunter und bleibt beim Buchstaben „T" stehen.

„Schau mal, Robert, da steht *Tal*." Die beiden sind gespannt, was sie in diesem Ordner erwartet. Dass es dermaßen viele Überlieferungen über dieses Tal gibt, verwundert beide. Über den Wald, über die Wiesen und das Wasser, über viele Themen gibt es Geschichten.

„Hier steht *Tal/Burg/Les Rouges/Die Roten*. Was auch immer das heißt, aber es scheint die einzige Story zu sein, die für uns relevant sein dürfte."

Robert bittet Rousel, ihm die Geschichte – eine Überlieferung – vorzulesen. Rousel ist zwar nicht begeistert, willigt aber ein.

„Damals", beginnt Rousel, „damals war anfangs alles in Ordnung. Die Gegend war reich. Es ging den Menschen gut, alle hatten immer genug Wasser, Brot und auch Fleisch. Die Burgherrschaft behandelte das Volk gerecht, dementsprechend gab es kaum Aufstände oder Übergriffe. Leben und leben lassen war damals die Devise. Man half sich gegenseitig, unterstützte sich und kam dadurch zu Wohlstand. Die weitläufige Gegend um das Tal war reich geworden. Lange Zeit blieb das so, bis eines Tages – keiner wusste, woher sie kamen – ein barbarischer Herrscher mit seiner Armee die Gegend für sich beanspruchte. Es kam zu mehreren sehr blutigen Kämpfen und der nun neue Burgherr ließ sich mit seiner Burgherrin im Tal nieder. Die Menschen wussten nicht, was sie erwarten würde, doch schon bald zeigte der neue Herr sein wahres Gesicht. Das Volk wurde schlecht behandelt, die Abgaben wurden immer weiter erhöht. Die Menschen wurden immer unzufriedener. Wenn es zu Aufständen in der Bevölkerung kam, schlug der Burgherr auf unmenschliche und grausame Weise zu.

Seine barbarischen Truppen entführten die ältesten Töchter und Söhne der aufständischen Familien und brachten sie ins Tal. Dort wurden die Söhne an Pfähle gebunden und die Truppen steinigten sie. Zur Belustigung des Burgherrn und der Burgherrin wurden jene belohnt, die die Häupter der brutal ermordeten Männer am öftesten getroffen hatten. Zur Belohnung wurden ihnen die verschleppten Töchter der Aufständischen für eine Nacht ausgeliefert. Nach dieser Nacht voller Leid, Pein und Schändung wurden den jungen Frauen die Kehlen aufgeschlitzt, sie wurden kopfüber an die Steinigungspfähle gebunden und ihr Blut lief in große, dafür vorgesehene Töpfe. Die toten Körper aller brutal hingerichteten Menschen wurden verbrannt und die Krüge, voll mit Blut, wurden zum Taleingang gebracht. Dort ließ die Burgherrschaft das Blut über die großen Felswände gießen. Der Boden wurde immer wieder mit Blut getränkt, sodass man – um in das Tal zu gelangen – erst mal das mit Blut getränkte Land zu durchqueren hatte. Der abartige, zutiefst gräuelartige Sinn dahinter war, dass potenziellen Eroberern oder eindringenden Aufständischen der Mut genommen werden sollte, in das Tal vorzustoßen.

Die mit Blut rot gefärbten Steine und Felsen, die blutgetränkte Erde diente als Abschreckung für alle, die der Burgherrschaft zu nahe kommen wollten. Keiner zweifelte an deren sofortiger Bereitschaft, das Tal auf bestialische Weise zu verteidigen. Die Bevölkerung betete um Erlösung und hielt Rituale ab, um Gerechtigkeit einzufordern und der Burgherrin und dem Burgherrn die gerechte Strafe zukommen zu lassen.

Als wieder eine Tochter verschleppt wurde, sagte sie – bevor sie erbarmungslos getötet wurde: ‚Es ist so weit, ich kann es fühlen, der Himmel hat unser Flehen erhört.' Die barbarischen Soldaten lachten jedoch nur und schnitten der blutjungen Frau die Kehle durch."

Robert sieht Rousel entsetzt und angewidert an. Er kann diese Gewalttaten nicht fassen.

„Was meinte sie damit? Und was passierte dann?", fragt Robert.

Rousel scrollt weiter nach unten und liest weiter:

„In der Überlieferung heißt es, dass das Tal schon bald darauf von einer neuen Herrschaft erobert wurde. Das Leiden hatte ein Ende. Frieden und Einigkeit kehrten zurück. Ab sofort wurde die grausame Burgherrschaft *les Rouges, die Roten* genannt. Das Tal hat den Namen *Das Rote Tal* erhalten. So sollten die Bluttaten nie in Vergessenheit geraten. Bis in alle Ewigkeit solle man sich daran erinnern.

Für die blutrünstige Burgherrin, den sadistischen Burgherrn und ihre barbarischen Soldaten sah die – vom Volk – erflehte Gerechtigkeit und Strafe vor, sie im Tal, in einer anderen Dimension, zwischen dem Leben und dem Fegefeuer der Hölle, zu verbannen. Alle fünfhundert Jahre haben sie die Möglichkeit, dem Fegefeuer zu entkommen. Wenn nicht, erhalten sie ihre endgültige, letzte Bestrafung und ihre Seelen werden ausgelöscht. Um weitere fünfhundert Jahre in ihrer Dimension verharren zu können, müssen die Burgherrin und der Burgherr ein fast unmögliches Werk vollbringen. Es muss eine Verbindung, ein Bindeglied zwischen ihrer Dimension und der Zeit der Lebenden geschaffen werden. Ein Anker sozusagen, um die Dimension aufrechtzuerhalten. Sie haben 24 Stunden Zeit, um dies zu bewerkstelligen. Keine Stunde länger, so ist es vorgesehen."

„Welche Möglichkeit haben sie, was ist das Bindeglied, der Anker?", fragt Robert.

Rousel reibt sich die Augen und liest weiter.

„Innerhalb dieser 24 Stunden ist ein Tor zwischen ihrer Dimension und der Dimension der Lebenden geöffnet. Dadurch können sie menschliche Gestalt annehmen und es kann eine Scheinwelt entstehen. Darin muss sich innerhalb dieser 24 Stunden der Burgherr mit einer unter den Lebenden weilenden Frau körperlich vereinigen, um seine Brut in ihr zu hinterlassen. Die Burgherrin muss sich – ebenfalls innerhalb dieser 24 Stunden – mit einem unter den Lebenden weilenden Mann körperlich vereinigen. Wenn sich danach, aber immer noch innerhalb dieser Zeitspanne, das unter den Lebenden weilende Paar körperlich vereinigt, so ist das danach in die Welt der Lebenden gesetzte Kind der Anker, das Bindeglied zur anderen Dimension. Nur so kann die barbarische Burgherrschaft der Bestrafung durch das Fegefeuer der Hölle entkommen und weitere fünfhundert Jahre – zwar gefangen in ihrer Dimension und im Tal – dahinfristen", schließt Rousel. „Nun fragt sich, ob sie schon im Fegefeuer schmoren oder …"

„… oder sie haben es schon einmal geschafft, dem zu entkommen. Vielleicht sogar schon zweimal?", ergänzt Robert.

„Kannst du mit dieser Geschichte etwas anfangen? Macht das in irgendeiner Weise Sinn für dich, Robert?"

„Ich muss mir die wesentlichen Inhalte notieren. Ich finde das alles ziemlich verwirrend und an den Haaren herbeigezogen."

Robert und Rousel blättern das Flipchart um und beginnen mit der Zusammenfassung. Robert erinnert sich an die eigenartige Situation, als er in der Morgendämmerung wach wurde und rotes Licht sah. Er notiert den Vorfall und da kommen ihm die unglaublich schön wirkenden roten Felsen wieder in den Sinn. Auch die eigenartig roten Blätter schreibt Robert auf.

„Das würde zum Roten Tal passen, findest du nicht auch, Robert?"

„Ich fasse es nicht, worin waren wir da involviert? In welches böse Spiel wurden wir hineingezogen?"

„Robert, falls diese Überlieferung stimmt, dann gab es nur ein Ziel: dem Fegefeuer zu entkommen. Robert, hast du an diesem Wochenende deine Fabienne betrogen? Könnte es sein, dass ihr beide in die Möglichkeit des Entkommens des Fegefeuers involviert gewesen seid? Denk nach und sei bitte ehrlich. Wir können das Geheimnis nur lösen, wenn wir uns die Wahrheit sagen, das ist dir doch klar, oder?"

„Ja, Rousel, natürlich ist mir das klar. Ja, es ist etwas geschehen. Ich erzählte dir von der Frau, die ich im Schloss traf. Die kenne ich von früher und es passierte eben. Es war nur eine kurze Affäre und es tat mir auch sofort fürchterlich leid. Ich gestand es Fabienne gleich danach, wir hatten deshalb großen Ärger und ich bin überglücklich, dass Fabienne mir verziehen hat. Ich weiß nicht, was geschehen wäre, wenn ich sie verloren hätte. Rousel, Cynthia hat mich irgendwie verhext. Ich war nicht ich selber. Ich hatte Lust, so dermaßen große Lust, das war nicht irdisch, das war nicht von dieser Welt. In mir kamen die abgründigsten sexuellen

Phantasien zum Vorschein. Ich bin keiner von diesen kranken Typen, das war nicht ich."

„Wenn es sich so zugetragen hat, warst du nicht bei Sinnen, du warst tatsächlich nicht du selber. Auch das Schloss-Hotel war nicht real. Die visuellen Täuschungen wurden wohl durch das Tor in die Welt der Lebenden erschaffen. Nichts von dem, was ihr gesehen habt, war real, aber es war da und es ist auch geschehen. Es ist kaum zu glauben. Ich kann mir nicht vorstellen, dass es das wirklich geben kann, aber es scheint tatsächlich so zu sein. Robert, könnte es sein, dass du ‚infiziert' wurdest? Hattest du auch mit Fabienne Geschlechtsverkehr, bei dem es zu einer Befruchtung hätte kommen können?"

„Spinnst du nun total, oder was willst du damit sagen?", schreit Robert.

„Na was wohl!"

Rousel und Robert beruhigen sich wieder, schließlich sagt Robert:

„Es hätte sein können, ja, auch die Sache mit dieser Frist – 24 Stunden, ja, auch das. Es gibt jedoch zwei Faktoren, die nicht zutreffen und demnach sind diese Mörder jetzt in der Hölle. Der Spuk ist vorbei, sie haben verloren, sie bekamen alle ihre gerechten Strafen, diese Barbaren, diese Sadisten. Furchtbar."

„Welche Faktoren trafen deiner Meinung nach nicht zu, Robert?"

„Nun ja, erstens war es tatsächlich Cynthia und nicht der Geist der Burgherrin und zweitens hatte Fabienne keinen Geschlechtsverkehr mit einem anderen Mann."

„Bist du dir sicher? Du kannst nicht wissen, was Fabienne tat, als du gerade infiziert wurdest und nochmals: Es war nicht Cynthia, es war nur die Gestalt, der Mantel, die Hülle, es war nur Cynthias

Erscheinungsbild. Nicht mehr, ist dir das immer noch nicht klar? Hast du schon mal nachgesehen, wo diese Frau heute lebt, was sie tut, wie sie aussieht, ob sie überhaupt noch lebt?"

Robert will mit Rousel nicht darüber diskutieren, ob Fabienne treu war oder nicht. Robert ist überzeugt, dass Fabienne es ihm sofort gestanden hätte, falls etwas geschehen wäre. Abgesehen davon – und da gibt es für Robert keinen Zweifel daran – würde das Fabienne nie tun.

Die beiden steigen ins Internet ein und öffnen eine Suchmaschine. Bald haben sie die ersten Ergebnisse: Robert erkennt Cynthia relativ rasch auf mehreren Bildern. Sie ist beruflich erfolgreich. Für Robert ist die Sache mit Cynthia erledigt. Er steht auf und geht ein paar Schritte auf und ab, als Rousel sagt:

„Komm her, Robert, lies mal, was da vor zwei Jahren passiert ist."

Robert liest einen von Rousel entdeckten Artikel und ist sprachlos. Er wird kreidebleich und muss sich setzen. In dem Artikel – Cynthia ist auf dem Foto klar zu erkennen – steht, dass Cynthia bei einem Tauchgang im Pazifik durch eine Haiattacke das ganze linke Bein verloren hat.

„Schrecklich, die Arme. Das ist fürchterlich."

„Robert, hatte Cynthia vergangenes Wochenende zwei gesunde Beine?"

„Ja, ja, verdammt", schreit Robert entsetzt und ist außer sich. Rousel schüttelt den Kopf: „Mann oh Mann, was ist da bloß passiert, ich werde verrückt. Das glaubt uns keiner, nie und nimmer."

Robert liest den Artikel noch ein paarmal, sieht sich die schrecklichen Bilder an und weiß, dass Cynthia am Wochenende perfekte, schöne Beine hatte. Er ist sprachlos und knapp davor umzukippen.

„Es fehlt nur noch eine Komponente innerhalb dieser 24 Stunden, dann wären diese Unmenschen dem Fegefeuer auf weitere 500 Jahre entkommen. Außerdem: wenn es so wäre, würde das bedeuten, dass Fabienne schwanger ist! Ist dir das überhaupt bewusst?"

Das ist Robert zu viel, er kann einfach nicht mehr. Er steht auf, sieht zum Fenster hinaus und dreht sich dann zu Rousel um: „Rousel, ich schaffe das nicht mehr, ich muss weg, ich muss zu Fabienne, ich muss diese Gegend verlassen. Ich will das alles vergessen. Fabienne hatte weder Sex mit einem anderen Mann noch ist sie schwanger, ist das klar?!"
Robert packt seine Sachen zusammen und verabschiedet sich von Rousel.

„Ich melde mich bei dir, wenn ich etwas Abstand habe, ganz sicher. Lassen wir Gras darüber wachsen, es ist einfach zu viel geschehen in letzter Zeit."
Rousel versteht Robert und ist sich sicher, dass er sich bald wieder meldet. Es wird ihm keine Ruhe lassen, die Wahrheit herauszufinden. Er fragt Robert, ob er sich fit genug fühlt, die Heimreise anzutreten. Robert bejaht, verabschiedet sich, bedankt sich bei Rousel und verlässt eilig das Archiv.

Während der Autofahrt muss Robert öfters Pausen einlegen, da er von Müdigkeit erfasst wird. Dennoch kommt er zügig voran, da mitten in der Nacht nur wenig Verkehr ist. Robert denkt intensiv nach und versucht alle Informationen chronologisch zu ordnen. Welche Details passen zu dem, was er erlebt hat? Was trifft sicher, was trifft vielleicht zu? Abgesehen davon müssten die wesentlichen Dinge binnen 24 Stunden passiert sein.

Das Rote Tal, die Roten, das ist schon ein starkes Stück, denkt Robert. Kann das wirklich so sein? Ein Fluch oder wie auch immer man das bezeichnen mag? Fabienne und er wären diesem Fluch zur falschen Zeit am falschen Ort in die Quere gekommen, oder war das alles von langer Hand geplant? Vielleicht begannen die Vorbereitungen von den Roten schon damals, als er Cynthia in der Bar getroffen hatte? Es scheint in diesem Moment wirklich alles möglich zu sein. Seine Gedanken kreisen. Waren er und Fabienne ausgewählt worden, oder war es ein Zufall, wenn überhaupt etwas Wahres an dieser Geschichte dran ist? Leider passt alles irgendwie perfekt zusammen. Die Geschichte, die Rousel vorgelesen hat, stimmt mit dem überein, was geschah. Das lässt sich nicht leugnen, es ist Fakt. Cynthia – Robert möchte diese Person auch weiterhin so nennen, auch wenn es, so wie es aussieht, nicht Cynthia war – hatte ihn benebelt gemacht. Wenn er sich nochmals überlegt, was er getan hatte, und vor allem wie er es getan hatte, dann steht außer Frage, dass er schon damals manipuliert wurde. Klar, das muss sich Robert nun nochmals eingestehen, er hatte diese „schmutzigen" Gedanken in sich getragen. Er wollte das erleben, diesen schlampigen Sex. Er ist schuldig dessen, all das genossen zu haben, damals hinter der Bar. Kann es denn wirklich sein, dass es zwar damals tatsächlich Cynthia war, aber auch sie selber benebelt und manipuliert war? Könnte es zutreffen, dass die Roten schon damals dieses Wochenende geplant und Fabienne und Robert bewusst zusammengeführt haben, um dann, an diesem Wochenende die Ernte, weitere fünfhundert Jahre – zwar in Gefangenschaft des Tals, aber dem Fegefeuer entkommend – einzufahren? Alles könnte sich so zugetragen haben, wirklich alles.

Aber etwas fehlt, denkt Robert. Es fehlt der Sex von Fabienne mit dem Burgherrn. Der Geschlechtsverkehr, das Hinterlassen der Brut in Fabiennes Körper. Die Brut, die er, Robert, später innerhalb der 24 Stunden befruchten sollte. Alles ist stimmig, nur Fabiennes Anteil fehlt – und das wird er auch bleiben! Die Roten sind bereits allesamt in der Hölle. Dieses Rennen haben die Mörder, die Schlächter, nicht gemacht. Da ist sich Robert sicher. Fabienne würde ihn nie betrügen, niemals, sagt sich Robert immer wieder. Er will es nicht, er kann es nicht glauben. Trotzdem fragt er sich, was Fabienne wohl tatsächlich in der Zeit hätte tun können, in der Robert im Wellnessbereich war. Okay, sie war im Leseraum. War sie wirklich dort? Mit wem hätte ihn Fabienne – wenn sie es tatsächlich getan hätte –betrügen können? Gab es wirklich niemanden oder doch? Einer der hübschen Bediensteten eventuell. Nein, sie könnte das nicht, aber falls sie – genau wie er – manipuliert gewesen war, ja dann hätte es passieren können. Robert denkt nach und zieht daraus den Schluss, dass ihn seine Liebste dann wohl auch ordentlich belogen hätte. Er hat seinen Fehltritt sofort gestanden, während Fabienne – wissend, dass auch sie zur selben Zeit fremdging – gekränkt war, oder eventuell auch nur erschrocken darüber, dass das in der Art und Weise überhaupt geschehen hat können. Robert denkt nochmals alles durch und beschließt, Fabienne alles zu erzählen. Dann wird sich herausstellen, ob sie gelogen hat oder nicht. Spätestens dann, wenn sie erfährt, dass sie schwanger ist, falls es zum Geschlechtsverkehr mit dem Geist des Burgherrn – in welcher menschlichen Gestalt auch immer – gekommen war. Er weiß, spätestens dann wird Fabienne die Wahrheit sagen, wenn es eine andere Wahrheit gibt.

Robert will noch nicht darüber nachdenken, wie es weitergehen würde, falls es doch noch eine andere Wahrheit gibt. Immerhin wäre Fabienne von ihm schwanger und nicht von der Gestalt. Die Erzählung sagte auch nichts darüber aus, ob das Kind anders wäre als andere Kinder. Robert denkt, dass es – wie er von Rousel erfuhr – nur um diese menschliche Verbindung, diesen Anker in der Welt der Lebenden geht. Wie hatte es überhaupt nur so weit kommen können, warum er und Fabienne, warum nicht irgendwelche anderen Menschen? Waren sie das perfekte Paar für die Roten gewesen? Wenn ja, warum? Wie müssen Menschen sein, die sich für den möglichen Plan der Roten eignen? Welche Eigenschaften müssen sie haben, welche Situation muss zu diesem Zeitpunkt herrschen? So viele Fragen! Robert gelangt zur Überzeugung, dass wirklich alles akribisch geplant gewesen sein muss. Andererseits, könnte ein Plan wie dieser überhaupt funktionieren? Fünfhundert Jahre sind eine lange Zeit. Die hatten in der Tat ganze fünfhundert Jahre lang Zeit, um sich zwei

Menschen zu suchen, diese zu manipulieren und für ihr Vorhaben zu missbrauchen.

Robert hält seinen Wagen erneut an. Er vertritt sich die Beine und schnappt frische Luft. Er beschließt, Fabienne zu überraschen und wachzuküssen, wenn er nach Hause kommt. Das Allerwichtigste ist nun, heil heimzukommen, um seine Liebste endlich wieder umarmen zu können. Egal was kommt, er kann sich zurzeit kein Leben ohne Fabienne vorstellen. Dennoch ist er schon sehr gespannt, wie Fabienne reagieren wird, wenn er ihr erzählt, was ihm Rousel vorgelesen hat. Alles wird gut werden, denkt Robert, und fährt zügig Richtung Heimat.

13. Die Aussprache: Wer zuerst?

Es dämmert bereits der Morgen, als Robert in die Garage fährt. Es war eine lange und anstrengende Fahrt, er ist müde, aber auch glücklich, seine Fabienne gleich wiederzusehen. Er versperrt den Wagen und nimmt den Aufzug zum Penthouse. Leise öffnet er die Tür, um Fabienne nicht zu wecken. Er macht sich frisch und geht ins Schlafzimmer. Fabienne liegt zusammengerollt unter ihrer Kuscheldecke. Robert geht auf ihre Seite, kniet sich nieder und küsst sie auf die Stirn.

„Guten Morgen, mein Schatz", sagt er leise.

Fabienne streckt sich und öffnet die Augen.

„Robert, schön, dass du wieder da bist. Komm her, lass dich drücken, du hast mir gefehlt. Ging alles gut, hast du deine Uhr?"

„Alles gut, mein Engel, ja, ich habe die Uhr. Ich freue mich auch, wieder bei dir zu sein."

Robert schlüpft zu Fabienne unter die Decke und genießt ihre Wärme. Sie dreht sich mit dem Rücken zu Robert und er schmiegt sich ganz eng an ihren Körper. Fabienne nimmt Roberts Hand, und legt sie auf ihre Wange. Robert spürt ihren Herzschlag, fühlt das Heben und Senken ihres Brustkorbes und genießt ihren Duft. Er berührt mit der Nase ihren Hals und nimmt den zarten Fliederduft in sich auf. Dann küsst er Fabienne zärtlich auf den Nacken. Seine Hand streicht langsam nach unten und berührt ihre schönen, festen Brüste. Er atmet bewusst in Fabiennes Ohr und bemerkt, dass Fabienne eine leichte Gänsehaut bekommt. Zärtlich streichelt er ihre Brüste und umkreist die Brustwarzen. Dann massiert Robert ihren Nacken und streichelt über ihren Rücken, ehe er sich wieder an sie drückt. Fabienne liebt es, Roberts Hände zu spüren. Sie verkörpert all das, was sich Robert von einer Frau wünscht.

Fabienne dreht sich auf den Rücken, verschränkt die Arme hinter ihrem Kopf und lässt die Augen geschlossen. Robert richtet sich etwas auf, küsst sie auf Lippen, Wangen, Nase und Stirn, während seine Hände weiter ihre Brüste streicheln. Die Brustwarzen stehen ab, Fabienne ist erregt und atmet tief ein und aus, als Robert ihre Nippel mit seiner Zunge liebkost. Seine Hände wandern von Fabiennes Achselhöhlen abwärts bis zu den Hüften. Sanft und langsam. Sie drückt vor Erregung den Rücken durch.

Robert gleitet mit seiner Zunge über ihre flache Bauchdecke, küsst den zierlichen Nabel, während seine Fingerspitzen ganz sanft über ihre Beine streichen. Robert verwöhnt Fabienne zärtlich und leidenschaftlich zugleich, mit seiner Zunge und mit seinen Händen. Der Himmel wird nicht schöner sein können, ist Fabienne überzeugt.

Robert, der immer noch seine Shorts trägt, küsst zärtlich Fabiennes Lippen und streichelt sanft ihr Gesicht. Dann nimmt er sie in die Arme. Fabienne drückt Robert fest an sich und die beiden schlafen nochmals tief und fest ein.

Es ist bereits neun Uhr am Vormittag, als Robert aufwacht. Er macht Frühstück, als Fabienne frisch und munter, wohlduftend und zart geschminkt aus dem Badezimmer kommt. Fabienne ist neugierig auf Roberts Bericht.

„Schatz, lass mich zuerst meine warme Milch trinken, dann erzähle ich dir alles. Stärke dich, dann setze dich gemütlich auf die Couch, das wirst du brauchen."

Fabienne ist etwas irritiert. „Wie meinst du das, ‚das wirst du brauchen'? Ich kann es nicht mehr erwarten zu erfahren, was du herausgefunden hast."

Sie frühstückt daher schnell fertig und setzt sich angespannt auf die Couch. Robert sitzt noch am Frühstückstisch und fängt langsam zu erzählen an.

Während er spricht, steht Fabienne immer wieder auf, geht zur Terrassentür, dreht sich wieder um, schüttelt den Kopf, schlägt mit den Händen auf die Couch und setzt sich wieder. Sie kann kaum glauben, was er erzählt, aber sie weiß, dass Robert sie niemals anlügen würde. Als er sie schließlich fragen will, ob sie nicht doch auch ein ähnliches Sex-Abenteuer wie er erlebt hat, fällt ihm Fabienne ins Wort:

„Robert, du weißt, dass ich dich niemals betrügen würde, niemals! Weißt du das?"

„Ich weiß, dass dies der einzige Teil des ‚Spuks' ist, der in der ganzen Story fehlt, Fabienne, nicht mehr und nicht weniger. Ja, ich glaube dir, wenn du es sagst. Vergiss jedoch nicht, dass es entschuldbar wäre, da wir nicht wir selbst waren. Keine Ahnung wie, aber wenn sie dort eine Scheinwelt für uns entstehen lassen haben können, dann konnten sie uns mit an Sicherheit grenzender Wahrscheinlichkeit auch so manipulieren, dass wir uns ihnen ausgeliefert hingegeben haben. Sie konnten mit uns machen, was sie wollten, oder?"

Fabienne fühlt sich in die Enge getrieben.

„Mit dir Robert, mit dir konnte sie alles machen. Was habt ihr getan? War es eine besondere Art von Sex? Eine andere Dimension? Toll – aber nicht mit mir. Ich will mit dem nichts zu tun haben. Ich bin anständig und ich bin treu. Falls ich schwanger bin, dann bin ich ausschließlich durch dich schwanger geworden, denn ich hatte keinerlei körperlichen Kontakt mit irgendeinem Mann, außer mit dir, Robert. Verstehst du?"

„Du nimmst doch die Pille, oder nicht?"

„Ja, klar nehme ich die Pille", sagt Fabienne und starrt auf den Boden. Sie ist völlig durcheinander. Dann fragt sie Robert, was mit Cynthia genau geschah. Robert erzählt es nicht im Detail, nur dass er normalerweise nie auf ein derartiges sexuelles Angebot eingehen würde. Er war berauscht, weggetreten.

„Es war kein schöner Sex, Fabienne, glaub mir. Ich kann mich auch nicht mehr an alles ganz genau erinnern, ich war nicht ich selber. Ich weiß aber ganz genau, dass ich missbraucht wurde. Wenn du deine ‚Aufgabe‘ nicht erfüllt hast, dann bedeutet das, dass die Roten bereits ihre gerechte Strafe erfahren. Sie sollen für alle Zeiten im Fegefeuer schmoren, diese Mörderbande. Wahnsinn, wie brutal sie vorgingen. Fast hätten sie es geschafft, für die nächsten fünfhundert Jahre ihrer endgültigen Strafe zu entrinnen, aber nur fast."

Fabienne weiß, dass es falsch ist, Robert zu belügen. Es ist wie verhext, sie kann ihm nicht die Wahrheit sagen, dafür ist es zu spät. Niemals möchte sie Robert verlieren – und dies wäre sicher die Konsequenz, die sie zu tragen hätte, würde sie ihr dunkles Geheimnis preisgeben. Für eine Beichte ist es nun definitiv zu spät. Da sie die Pille regelmäßig einnimmt, gibt es sowieso nichts zu befürchten. Außerdem erscheint ihr die ganze Geschichte nicht koscher. Wer weiß, was dieser Ranger da vorgelesen hat. Sicher, es passen durchwegs einige Dinge gut zusammen, aber das heißt noch lange nicht, dass diese ganze Geschichte wirklich stimmen muss. Sie weiß, dass sie nicht schwanger sein kann und das gibt Fabienne die nötige Sicherheit, an ihrer Lüge weiter festzuhalten. Diesen Vorfall nimmt sie mit ins Grab, ihr Entschluss steht fest.

Für heute wollen Fabienne und Robert nicht mehr darüber sprechen. Sie beschließen, sich die kommende Woche krankzumelden, um die Vorkommnisse der letzten Zeit verarbeiten zu können. Da sie noch nie krank waren, kommt auch kein schlechtes Gewissen auf. Sie umarmen sich, sie wollen nicht streiten, sondern sich lieben und friedlich sein. Robert räumt den Frühstückstisch ab und schaltet den Fernseher ein. Er schnappt sich ein Polster und legt sich auf die Couch zu Fabienne. Als Robert eingeschlafen ist, steht sie auf.

Sie kann es einfach nicht glauben, was angeblich mit dieser Cynthia passiert ist. Wenn das mit dem Roten Tal und den Roten stimmt, dann könnten sie das wirklich von langer Hand geplant haben – wie Robert meinte. Robert weiß nichts von ihrer ersten Begegnung mit Marc, damals am See. Schon damals war Fabienne verzaubert. Sie hätte sich Marc auch damals auf der Bank hingegeben, dessen ist sie sicher. Sie hätte alles getan, was Marc von ihr verlangt hätte. Devot wäre sie schon damals offen für tabulosen, perversen Sex gewesen. Im Nachhinein betrachtet ist es nicht mehr auszuschließen, dass sie schon damals nicht sie selbst war. Vielleicht wurden ihr Rauschmittel verabreicht? Vielleicht war Marc in diesem Moment auch nicht er selber?

Vielleicht wurde er – vorbereitend auf das in weiter Zukunft stattfindende Wochenende – auch manipuliert? Fabienne überlegt, dass fünfhundert Jahre tatsächlich eine sehr lange Zeit sind, um einen solch genialen Plan auszutüfteln. Nie und nimmer hätte sie sich damals, als Mauerblümchen, einfach so – auch nicht von Marc – einen Finger in den Unterleib bohren lassen. Was war damals los?

Fabienne ist intelligent und kann Zusammenhänge in ganz kurzer Zeit erkennen. Sie überlegt und kombiniert. Robert meinte, er kenne Cynthia von früher. Im Grunde ist das die gleiche Situation wie bei Marc und ihr, falls es damals auch etwas zwischen den beiden gab, was quasi nicht zu Ende geführt wurde. Die Roten konnten theoretisch alles geplant haben, auch das Kennenlernen zwischen ihr und Robert! Oder sie wussten, dass sie sich kennenlernen würden und ein Paar werden. Dann konnten sie die jeweiligen Aufeinandertreffen zwischen ihr und Marc beziehungsweise zwischen Robert und Cynthia in die Wege leiten, um Jahre später, als alles für die Generationenübergabe, wie Robert sagte, „vorbereitet" war, an diesem Wochenende final zuzuschlagen. Fabienne weiß, dass das nur eine mögliche Variante ist. Eine von unzähligen weiteren Möglichkeiten, die in Frage kommen könnten.

Sind sie und Robert das ideale Paar, damit die Roten dem Fegefeuer entkommen? Wenn ja, warum? Warum sollte es überhaupt möglich sein, der gerechten Strafe zu entkommen? Für Fabienne ergibt das keinen Sinn! Sie versteht es nicht, bis sie über ihre eigene und Roberts Kindheit nachdenkt.

137

Sie denkt an Gott, sie denkt an all die schrecklichen und furchtbaren Dinge, die täglich in der Welt geschehen. Sie glaubt an Gott, ist ehrfürchtig und stellt seine Existenz nicht in Frage. Sogar Jesus gab am Kreuz den neben ihm gekreuzigten Männern noch eine Möglichkeit zu entkommen. In irgendeiner Art und Weise gibt es offenbar immer eine Chance, dem Schlimmsten zu entrinnen. Wenn es sich auch nur um weitere fünfhundert Jahre Gefangenschaft – in einer eigenen Welt – im Roten Tal handelt. Fabienne ist sich dieser These nicht ganz sicher, aber sie sucht nach Antworten auf all die Geschehnisse und deren Gründe. Dementsprechend ausufernd sind ihre Überlegungen. Fabienne ist talentiert, Hypothesen aufzustellen, sie zu prüfen, um sie zu bestätigen oder aber auch als unrichtig zu entlarven.

Sie und Robert sind zwei strebsame Personen. Warum sie beide? Fabienne versucht als dritte Person einen Richter zu definieren. Warum Robert und sie? Welche Eigenschaften bringen sie mit, um die perfekten Opfer zu verkörpern? Sie sind neugierig, sie sind generell interessiert. Sie hatten beide eine schlechte Kindheit, ein unmögliches Elternhaus. Daraus entstand der unbändige Wille, der Armut, der Gewalt zu entkommen. Daraus resultierte eine Strebsamkeit, aus der sich wiederum der Hang zur Akribie ableiten lässt. Nichts wird unbeendet hinterlassen, alles muss bestmöglich erledigt werden.

Auch das, was viele Jahre zurückliegt? Auch die etwaigen offenen Vorfälle von damals? Wenn auch Roberts Erlebnis mit Cynthia nicht abgeschlossen werden konnte, dann erscheint ziemlich eindeutig, dass Fabienne und Robert Opferrollen einnahmen. Weiter stellt sich die Frage, wie weit sie bereit sind zu gehen, um etwas zu behalten, was ihnen lieb und teuer ist. Wie weit würden sie gehen, um nur einen Schein aufrechtzuerhalten? Wie weit würden sie gehen, um als Sieger und nicht als Verlierer zu gelten? Ja, sie würden dafür die Unwahrheit sagen, dem anderen ins Gesicht lügen. Ja, das würden sie tun.

Fabienne besinnt sich, sie möchte nicht so über Robert urteilen, zumindest nicht jetzt, nicht ohne seine Anwesenheit, nicht ohne die Möglichkeit, dass er sich verteidigen kann. Fabienne wird nun zum ersten Mal im Leben völlig klar, dass sie durch ihr Aufwachsen, durch das Verhalten ihrer Eltern mehr geprägt ist als angenommen.

Eigentlich spiegelt sich an jedem Tag ihres bisherigen Lebens die Art ihres Aufwachsens wider. Durch ihre Strebsamkeit, aber auch darin, dass sie bereit ist, Dinge zu tun, die nicht der Norm entsprechen. Durch ihre Haltung und durch ihre Treue. Durch ihre soziale Inkompetenz und ihre Liebe zu einer einzigen Person, Robert. All diese Gegebenheiten sprechen dafür, dass sie leider tatsächlich das ideale Paar für die Roten dargestellt haben müssen.

Was wäre, wenn sie schwanger ist? Wäre es möglich, trotz Pille? Sie kann sich erinnern, dass sie die Pille einnahm, oder doch nicht? Fabienne weiß nicht mehr, ob sie am Tag vor der Abreise die Pille eingenommen hat. Fabienne sucht die Blisterpackung der Pille, sie muss es nun wissen. Sie sucht im Bad nach der Packung.

Tatsächlich hat sie voriges Wochenende ein paarmal die Pille vergessen! Wie konnte das nur geschehen? Sie ärgert sich fürchterlich über sich. Sie will sich bei nächster Gelegenheit einen Schwangerschaftstest holen, um Gewissheit zu erlangen.

Fabienne beruhigt sich langsam wieder. Denn falls sie schwanger ist, dann ist das Kind von Robert, keine Frage. Sie denkt nochmals darüber nach, was Robert erzählt hat. Nach der Erzählung wäre schließlich auch Robert der Befruchter.

Es geht also nur um den Anker, erinnert sich Fabienne, um das Bindeglied zur menschlichen Welt, nicht mehr und nicht weniger. Nur darum. Es würde ein normales Kind werden. Nichts Gegenteiliges ging aus der Erzählung hervor. Sollte sie nun doch mit der Wahrheit herausrücken?

Bisher hat sie sich die Frage eindeutig mit Nein beantwortet. Aber nun ist die Lage anders. Doch sie weiß noch nicht, ob sie tatsächlich schwanger ist. Fabienne bleibt ruhig und spielt mit dem Gedanken, Robert zumindest von der Pillen-Misere zu erzählen. Ja, Robert soll das wissen, aber nicht mehr. Über alles andere und Fabiennes Lügen existiert bereits eine – und nur Fabienne – eigene, neue Realität. Sie blendet aus, was mit Marc geschah, sie verbannt es aus ihren Gedanken. Es ist nicht mehr vorhanden, redet sie sich ein. Es gibt nur eine Wahrheit – und die kennt Robert bereits.

Fabienne bereitet ein kleines Pasta-Gericht vor, als Robert wieder aufwacht.

„Wow, das tat gut."

„Schatz ich habe uns eine Kleinigkeit gekocht. Hoffentlich bist du hungrig?"

„Gerne, ich freue mich auf ein gemeinsames Mittagessen."

Während Robert isst, stochert Fabienne im Essen herum.

„Bist du nicht hungrig?", fragt er.

„Sicher, aber ich muss dir etwas Wichtiges sagen, mein Schatz."

Fabienne beichtet Robert, dass sie einige Tage auf die Einnahme der Pille vergessen hat. Es war einfach zu viel los.

„Es tut mir wahnsinnig leid, Robert. Wenn ich nun doch schwanger bin? Wir wollten doch gemeinsam diese Entscheidung treffen."

Robert ist perplex. Er glaubt Fabienne, dass sie keinen Kontakt zu einem anderen Mann hatte, und beginnt sich sogar ein klein wenig zu freuen. Von einer Sekunde auf die andere sieht er sich in einer anderen Rolle – in der Beschützerposition. Es könnte sein, dass er schon bald die Verantwortung für eine Familie zu tragen hat. Es macht ihn stolz und erfüllt ihn gleichzeitig mit Ehrfurcht.

„Fabienne, du kannst nichts dafür, es bedeutet nun ja auch noch überhaupt nichts. Es waren anstrengende Tage. Mach dir keinen Kopf, wir müssen erst Gewissheit haben, es hat keinen Sinn zu spekulieren."

Schließlich nimmt Robert Fabienne in die Arme. Fabienne laufen Tränen über die Wangen, sie ist wütend auf sich selbst, das wollte sie eigentlich immer vermeiden. Nun könnte sie schwanger sein. Schwanger mit einem ungeplanten Kind. Sicher geliebt, aber nicht geplant. Das passt so gar nicht in ihren Lebenslauf. Fabienne muss damit erst mal klarkommen.

„Fabienne, wir wissen doch noch gar nichts, weine doch nicht. Wir besorgen einen Schwangerschaftstest und der wird uns erste

Gewissheit liefern, okay? Und, wenn es wirklich so sein sollte, dann werden wir die besten Eltern der Welt abgeben."

Robert lacht und drückt Fabienne ganz fest. Arm in Arm wiegen die beiden leicht hin und her und versinken – jeder für sich – in einer Achterbahn voller gemischter Gefühle.

14. Die Zeit danach: Der Test

Am nächsten Morgen melden sich Fabienne und Robert wie vereinbart krank. Es tut ihnen gut, etwas Abstand vom hektischen Arbeitsalltag zu bekommen.

Nach einem ausgiebigen Frühstück macht sich Fabienne auf den Weg zur Apotheke, um einen Schwangerschaftstest zu kaufen. Als sie an der Theke steht und nach dem Test fragt, fühlt sich Fabienne ganz und gar unwohl in ihrer Haut. Sie wird schon nicht schwanger sein, denkt sie, nur weil sie einige Tage die Pille nicht genommen hat. Sie entscheidet sich für eine Packung mit insgesamt drei Tests, um auf „Nummer sicher" zu gehen.

Robert wird immer zu ihr halten, dessen ist sie sich nun gewiss. Fabienne bereut auch nicht, ihm nichts erzählt zu haben. Sie war einfach nicht sie selber gewesen, sie war manipuliert worden. Sie steht hundertprozentig hinter dieser Sichtweise und daran wird auch nicht gerüttelt. Ihre Realität und ihre Wahrheit sind richtig, denkt sie.

Zu Hause angekommen, ist der erste Weg zur Toilette. Fabienne ist furchtbar schlecht. Es sind sicher die vielen Aufregungen. Robert meint, dass es nun wohl offensichtlich sei, dass sie schwanger ist. Fabienne will das nicht glauben und geht mit dem ersten Test nochmals auf die Toilette. Die beiden warten die Zeit ab, die Spannung steigt. Als die Wartezeit verstrichen ist, schauen sie auf das Display des Tests. Sie sehen sich an und dann nochmals auf das Display.

„Robert, hast du das erwartet?"

„Nein, eigentlich nicht."

Der Test ist negativ ausgefallen und Fabienne lacht.

„Das war doch klar, Robert. SO schnell wird man nicht schwanger, was hast du erwartet?"

Erleichtert nehmen sie sich in die Arme. Doch Robert hätte sich auch gefreut, wenn das Ergebnis anders ausgefallen wäre. Er hat zuvor bereits zu Fabienne gesagt, dass ihm die Vater-Rolle auch gefallen hätte. Im hintersten Winkel von Fabiennes Kopf schlummert auch etwas Enttäuschung. Aber es überwiegt doch die Freude. Was wäre gewesen, wenn doch ein Funke Wahrheit an Rousels Geschichte wäre? Zum Glück braucht sie sich keine Gedanken mehr darüber zu machen.

Robert ist mittlerweile hundertprozentig überzeugt von der Geschichte der Roten und der Verdammnis mit nur einem möglichen Ausweg, für die nächsten fünfhundert Jahre dem Fegefeuer zu entkommen.

Die beiden liegen gemütlich auf der Couch, als Fabienne einige Stunden später aufspringt und erneut zur Toilette läuft, um sich zu übergeben.

„Da stimmt doch etwas nicht. Habe ich etwas Verdorbenes gegessen? Dann müsste dir aber auch übel werden, Robert, oder? Ich werde morgen nochmals einen Test machen, gleich in der Früh."

Robert hat ein mulmiges Gefühl. Fabienne muss sich noch mehrmals übergeben und kann den nächsten Tag nicht mehr erwarten. Gleich am Morgen, auf nüchternen Magen, will sie den zweiten Test machen.

Soweit möglich, verbringen die beiden noch einen angenehmen und relaxten Tag. Sie gehen bald zu Bett und schlafen rasch ein.

Robert wird um sechs Uhr morgens wach. Sofort weckt er Fabienne. Er küsst sie sanft auf die Stirn.

„Fabienne, es ist schon morgen, aufwachen."

Sie dreht sich mürrisch zur anderen Seite. Er steht auf, macht sich frisch und sieht nochmals im Online-Banking nach, ob inzwischen eine Abbuchung für das Wochenende stattgefunden hat, von wem auch immer. Aber vergebens, nichts. Dann sucht er nochmals die Website des Hotels. Auch hier – natürlich – Fehlanzeige. Robert atmet tief durch, als er Fabienne auf die Toilette verschwinden sieht.

„Alles klar bei dir?", ruft er ihr nach.

„Komme gleich", antwortet Fabienne.

Als sie zu Robert in das Wohnzimmer kommt, hält sie den Test in der Hand: „Schau her, Robert, nicht schwanger, wie ich es mir dachte, ich habe eine Magenverstimmung. Ich bin also tatsächlich krank", lacht Fabienne. „Nur du bist so ein Gauner und schummelst. Ich würde das niemals tun. Sehr unverständlich, wie du das verantworten kannst", lacht sie erneut.

Robert lächelt milde und fragt Fabienne, wie es ihr heute geht.

Fabienne will sich nun doch lieber von ihrem Frauenarzt untersuchen lassen. Sie vertraut dem Test nicht hundertprozentig.

Sie bekommt sofort einen Termin und Robert begleitet sie in die Arztpraxis.

„Alles wird gut, keine Angst. Egal was kommt, ich stehe zu dir und vielleicht sind wir bald eine kleine Familie, wer weiß."

„Lass es, Robert, wir wissen noch gar nichts. Du kennst mich, ich will nur Gewissheit haben." Sie steht auf und geht in den Praxisraum, als der Arzt ihren Namen ruft. Sie ist nun doch etwas nervös, aber froh, bald Konkreteres zu erfahren.

Robert sitzt währenddessen auf dem Sessel wippend im Wartezimmer und blättert zum zweiten Mal eine Sportzeitschrift von hinten nach vorne durch, als Fabienne nach zirka 30 Minuten wieder herauskommt.

„Was ist los, sag schon?"

„Komm, wir gehen", sagt Fabienne nur kurz angebunden. Auf dem Weg zum Auto schildert sie ihm die Untersuchung und das Ergebnis: „Der Arzt meint, er sagte, also er …"

„Was denn nun, mach es nicht so spannend!"

Robert kann sich nicht mehr halten, er will das Ergebnis erfahren.

Fabienne sieht Robert an und zieht ihre Mundwinkel nach oben: „Wir sind schwanger, ich werde eine Familie – also umgekehrt", sagt Fabienne ausgelassen und lacht laut.

„Ich freue mich so sehr, ich liebe dich! Wir werden sehr glücklich, Fabienne, du wirst sehen!", ruft Robert überschwänglich.

„Ich hoffe." Fabienne strahlt und erzählt Robert von den nächsten Schritten und alles über den Verlauf der Schwangerschaft. Robert kann sein Glück nicht fassen. Er greift Fabienne an den Bauch und umarmt sie. Auf dem Weg nach Hause denkt Robert über die Zukunft nach. Er lächelt Fabienne an und ist einfach nur stolz. Ein stolzer werdender Vater. In der Tiefgarage ihres Wohnhauses angekommen, meint Fabienne zu Robert: „Jetzt wird es nicht mehr lange dauern und ich werde einen dicken Bauch vor mir hertragen. Ich werde dicke, angeschwollene Beine haben und dich mit meinen Stimmungsschwankungen nerven. Nütze daher die Zeit, solange du noch eine erotische sexy Frau an deiner Seite hast." Sie schmunzelt.

Robert sieht das anders, denn er findet einen Babybauch ziemlich attraktiv. Fabienne lacht und meint: „Na, das werden wir schon noch sehen, wie attraktiv du mich finden wirst."

Fabienne gelüstet es nach Senfgurken, sie ist hungrig. Um diese Uhrzeit außergewöhnlich. Vielleicht sind das die ersten Nebenwirkungen der Schwangerschaft?

Während Fabienne eine Kleinigkeit zu essen zubereitet, blättert Robert die Post durch und beobachtet nebenbei seine Liebste. Fabienne ist wirklich eine Augenweide. Er stellt sie sich mit Babybauch vor und hat durchwegs nur positive Gedanken dabei. Aber noch ist Fabienne schlank und knackig. Sie trägt die Haare offen, ist dunkel geschminkt und hat eine dünne weiße Workout-Hose an, die an den Oberschenkeln eng anliegt. Durch den dünnen Stoff ist Fabiennes blitzblauer Slip deutlich zu sehen und der Rand schaut oben etwas heraus. Als Oberteil trägt Fabienne ein eng anliegendes Shirt. Es bringt ihren schönen Körper so richtig zur Geltung. Als sich Fabienne nach vorn beugt, um ein Tuch vom Boden aufzuheben, kann Robert ihren Po genauer betrachten. Er driftet gedanklich ab und stellt sich vor, jetzt mit Fabienne Sex zu haben. Robert stellt sich vor, hinter Fabienne zu stehen. Er greift mit seiner rechten Hand nach vorn und massiert ihren Schamhügel zärtlich. Er schiebt ihr enges Shirt etwas nach oben, um ihren

Rücken zu sehen und ihre Brüste berühren zu können, dann zieht er ihre Hose und ihren Slip etwas nach unten. In seinem kurzen Tagtraum legt Robert nun seinen steifen Penis in Fabiennes Schritt. Er dringt noch nicht ein, er bewegt seine Hüften nur leicht nach vorn und wieder zurück. Fabienne wird erregt und langsam dringt Robert in sie ein …

„Essen ist fertig", ruft Fabienne.

„Warum bist du bloß immer so rasch beim Kochen", sagt Robert, aus seinen Tagträumen gerissen.

Fabienne sieht ihn fragend an, denkt aber nicht weiter darüber nach. Die beiden genießen das Abendessen bei Kerzenlicht. Robert möchte sich erkenntlich zeigen und bietet Fabienne an, sie später im Bett zu massieren. Das nimmt sie natürlich hoch erfreut an. Für sie es ist immer etwas ganz Besonderes, von Robert massiert zu werden.

Er wärmt seine Massagesteine im Backofen vor und legt im Schlafzimmer ein großes Tuch über das Bett. Robert zündet unzählige Teelichter an, die er überall im Zimmer verteilt, und stellt leise Entspannungsmusik an. Der Raum ist wohltemperiert, noch kurz einen fruchtigen Duft im gelüfteten Schlafzimmer versprüht und es kann losgehen. Die sehr warmen Steine liegen in einem Korb, bereit zur Verwendung. Als Fabienne voller Vorfreude den Raum betritt, schlägt Roberts Herz schneller. In ihrem sehr kurzen und hellroten Negligé findet er sie zum Anbeißen. Robert möchte am liebsten sofort über sie herfallen, doch heute steht Fabienne im Mittelpunkt. Alles dreht sich um sie, ihre Gefühle, ihren Körper, all das, was sie möchte und was ihr guttut.

Langsam streift er ihr das hinreißende Negligé ab und hilft ihr sanft auf das Bett. Sie dreht sich auf den Bauch und streckt die Arme nach unten aus. Für Robert ist es ein erhabenes Gefühl, Fabienne verwöhnen zu dürfen. Er nimmt die ersten zwei sehr warmen Massagesteine, beträufelt sie mit einem wohlriechenden Pflege-Öl und beginnt, die Steine synchron von ihren Fingerspitzen aufwärts bis zum Nacken zu führen, danach den Rücken abwärts über die Beine bis zu den Fußsohlen. So wird Fabiennes Rücken gleichzeitig eingeölt und warm massiert. Der leichte, angenehm ausgeübte Druck der handtellergroßen, flachen Steine ist für Fabienne sehr angenehm. Robert gleitet mit den Steinen wieder zurück, von den Fußsohlen bis zum Nacken und die Arme abwärts bis zu den Fingerspitzen. Drei mal wiederholt er diesen Vorgang, dann legt er die Steine auf ihren Handinnenflächen ab. Dasselbe macht er mit den nächsten zwei Steinen, die er abschließend auf ihre Fußsohlen legt.

Robert nimmt die nächsten vier Steine, träufelt wieder etwas Öl darauf und legt zwei auf die Schulterblätter, zwei auf ihren Lendenbereich. Wärme, sehr angenehme, leicht prickelnde Wärme durchströmt Fabiennes Körper. Sie atmet ruhig und tief entspannt. Er übt auf die Mittelpunkte der Steine einen gezielten Druck aus und streicht mit den Daumen sternförmig nach außen. Fabienne nimmt die Bewegungen wie Schwingungen wahr. Robert belässt die Steine an ihren Plätzen und geht kurz aus dem Raum, damit sich Fabienne ungestört entspannen kann. Sie nimmt die sanften

Klänge der Musik und die sinnlichen Düfte wahr, die in der Luft liegen. Sie fühlt sich geborgen, frei von Angst und Sorgen. Ja, in deine Hände begebe ich mich gerne, denkt Fabienne.

Als Robert in den Raum zurückkommt, entfernt er die Steine von den Handflächen und den Fußsohlen. Die vier anderen lässt er noch etwas wirken.

Dann legt er zwei Eiswürfel in Fabiennes Handinnenflächen und umschließt sie mit ihren Fingern. Fabienne atmet ein paar Mal heftig durch, bis ihre Entspannung zurückkehrt, tiefer als zuvor. Bevor sie ganz schmelzen, nimmt Robert die Eiswürfel wieder aus Fabiennes Händen. Als er ihre Fußsohlen ebenfalls mit Eiswürfeln abstreift, kann Fabienne die Gegensätze von tiefer Wärme und eisiger Kälte noch intensiver wahrnehmen. Robert ist der König der Masseure, denkt Fabienne. Beide genießen diese sinnlichen Augenblicke, bis Robert schließlich die restlichen Steine entfernt. Danach reibt er Fabiennes Körper mit einem Naturschwamm ab, beginnend an ihrem Hals. Robert nimmt diese Massage sehr ernst. Es gibt kein körperliches Näherkommen, keine Küsse, es sei denn, Fabienne wünscht es. Sie gibt den Ton an, was und wie es geschieht. Robert betrachtet entzückt seine Fabienne. Ihre Taille kann er ohne großen Druck mit zwei Händen umfassen, so grazil ist sie. Er liebt ihre langen Beine. Schlank sind sie und perfekt. Er merkt, dass er erregt wird und setzt daher sein Verwöhn-Programm fort. Robert packt seine neue Errungenschaft aus, die er in einem versteckten Orient-Markt gekauft hat. So wie es süßsaure Speisen gibt, wurde ihm gesagt, gibt es in den Königsklassen der Massagen warm-kühlende Prickelöle. Diese Öle ziehen nicht sofort in die Haut ein, sondern entfalten zuvor an der Hautoberfläche ihre Wirkung. Das Öl war teuer, aber er ist sicher, dass Fabienne restlos begeistert sein wird. Sie wird sprichwörtlich auf Wolke sieben schweben, davon ist er überzeugt. Er gibt zuerst nur einige Tropfen auf ihren Körper, dann etwas mehr. Fabienne bekommt in kurzen Abständen Gänsehaut am Rücken. Wie kleine, nicht schmerzhafte, aber prickelnde Nadelstiche nimmt sie die auftreffenden Öltropfen wahr. Dann massiert Robert die Öltropfen mit kreisenden Bewegungen in ihren Körper ein. Fabienne gleitet in eine tiefe Entspannung. Es ist sehr warm, doch wenn Fabienne Roberts Atem auf der Haut spürt, bekommt sie wieder Gänsehaut.

„Es ist so schön, es soll nie aufhören", seufzt Fabienne.

„Zu Befehl", flüstert Robert schmunzelnd. Fabienne lächelt sanft, nein, eher verführerisch. Ab und zu öffnet sie die Augen, um sich am Anblick ihres Masseurs zu erfreuen. Robert trägt nur enge Trainings-Shorts, mehr nicht. Wenn er massiert, kann Fabienne seine Bauchmuskeln deutlich erkennen. Von zart bis hart, alles hat Robert in seinem Portfolio der Verwöhnkünste. Fabienne mag es, wenn Robert seinen Körper frisch rasiert hat. Robert fährt sich kurz durch sein Haar und lächelt Fabienne zu. Sie liebt ihn so sehr, dass sie dadurch auch Fehler macht, das ist ihr klar. Aber Roberts Hingabe, seine Aufrichtigkeit und die absolute Gewissheit, dass sie uneingeschränkt seine Nummer eins ist, will sie nicht aufgeben. Sie will nicht riskieren, all dies zu verlieren. Robert steht auf und sagt neckisch: „Wollen Sie heute ein Happy-End, gnädigste Dame?"

„Ähm, ja, ich denke, heute nehme ich das Happy-End", sagt Fabienne lächelnd. „Aber zuvor massieren Sie mir nochmals die Waden und die Oberschenkel."

Robert massiert – wie befohlen – Fabiennes zarte Haut an ihren Beinen. Er streift die Waden gekonnt aus, dann knetet er ihre Oberschenkel und drückt seine Fingerspitzen ab und zu etwas fester in ihre Haut. Sie liebt das! Diese Wechselspiele zwischen zart und hart turnen Fabienne an.

Schließlich seufzt sie: „Masseur, ich erwarte Sie."

Robert lacht und streift rasch seine Shorts ab.

„Legen Sie sich jetzt von hinten auf mich, Sie dürfen jetzt", sagt Fabienne.

„Wie Sie wünschen, Gnädigste."

Dann dreht sich Fabienne um und sagt: „Ich will Sie sehen, wenn Sie Ihre Dienstleistung hier beenden. Zeigen Sie mir Ihren unglaublichen Körper, schauen Sie mir in die Augen, präsentieren Sie sich mir, als ob es um eine Bewerbung für Ihren Traumjob ginge!"

„Sehr wohl." Robert spreizt Fabiennes Beine weit auseinander und sieht jetzt ihre tiefrote Klitoris. Er fährt mit seiner Eichel mehrmals darüber und Fabienne atmet schwer:

„Bescheren Sie mir einen Orgasmus in Rekordzeit, ich befehle es Ihnen, es ist Ihr Job, machen Sie sofort", sagt Fabienne lüstern und spielerisch. Robert dringt in sie ein. Sofort beginnt er kräftig zuzustoßen. Fabienne hält ihre Beine mit den Händen weit gespreizt und sieht, wie Robert vor Lust bebt. Sein Körper schiebt den Penis immer wieder in ihre warme Vagina.

„Ah, geben Sie es mir", spielt Fabienne weiterhin, obwohl die Grenzen zwischen Realität und ihrer Vorstellung längst verschwommen sind. Auch Robert turnt dieses Spiel an, er gibt ihr alles, wie sie befohlen hat. Fabiennes Körper beginnt zu zucken und als Robert in Fabiennes Augen sieht, kommt auch er zum Höhepunkt. Fabienne zieht Robert eng an sich heran und legt ihre Arme um seinen Nacken, um ihn besser in sich zu spüren. Nicht immer fühlt sie das Ejakulat in sich einströmen, doch heute fühlt sie es ganz deutlich. Robert ergießt sich in Fabiennes Körper.

Die zwei Liebenden sind glücklich und befriedigt.
„Es war ein wunderschönes Geschenk, Robert, das du mir gemacht hast", flüstert Fabienne. Umschlungen und sich sanft küssend lassen die beiden den Abend ausklingen.
Die nächsten Wochen und Monate vergehen wie im Flug. Fabiennes Bauch wächst, alle Untersuchungen verlaufen normal, Robert ist glücklicher denn je und freut sich schon riesig auf ihr erstes gemeinsames Kind.
Als Fabienne bereits im Mutterschutz ist, wollen die beiden doch erfahren, ob es ein Junge oder ein Mädchen wird. Fabienne hatte mittlerweile drei Termine bei einer Geistheilerin – Saba. Sie ist überdurchschnittlich begabt, eine Seherin, die auch in der Aura lesen kann.
Sie hat Fabienne bereits bei der ersten Sitzung prophezeit, dass es ein Junge sein wird. Tatsächlich erfahren sie vom Arzt, dass es ein Junge wird. Robert ist stolz und freut sich. Auch Fabienne ist glücklich, wenngleich auch etwas nachdenklich. Immer öfter holen sie nun die Erinnerungen an jenes Wochenende ein. Auch über

Sabas Aussagen muss sie nun öfter nachdenken, was nichts daran ändert, dass sie bei ihrer Linie und Strategie bleibt. Jetzt, wo sie wissen, dass sie sich auf einen Sohn freuen dürfen, nimmt auch die Entscheidung über den Namen konkrete Formen an. Drei Namen stehen zur engeren Auswahl. Fabienne und Robert hatten gemeinsam beschlossen, dass Fabienne über Mädchennamen und Robert über den Namen eines Jungen entscheiden darf. Für Robert ist die Entscheidung leicht: Ihr Sohn wird Julien heißen, ein altfranzösischer Name. Fabienne ist einverstanden.

Einige Wochen später, an einem Frühlingsmorgen, treten bei Fabienne die Wehen ein. Sie ruft Robert im Büro an, der sofort zu ihr eilt. Die Tasche ist schon länger gepackt und die beiden fahren ins Krankenhaus. Die Geburt verläuft absolut reibungslos ab. Robert ist dabei und hält eine ihrer Hände.

Julien wird geboren und beide sind unglaublich stolz. Fabienne erholt sich überdurchschnittlich rasch von den Strapazen der Schwangerschaft und der Geburt. Fabienne beginnt sofort wieder, ihren Körper zu trainieren. Sie will so schnell wie möglich wieder so aussehen wie zuvor. Begnadet durch offensichtlich familiäre Gene, hat sie weder Schwangerschaftsstreifen noch mit dem Gewicht zu kämpfen. Sie strafft sich binnen Wochen auf ein Maß, das annähernd dem vor ihrer Schwangerschaft entspricht. Natürlich ist sie darauf sehr stolz und Robert ebenso.

Die Monate vergehen und Julien ist bald ein Jahr alt. Er kann bereits erste Schritte alleine gehen und ist ein aufgeweckter kleiner Kerl. Fabiennes und Roberts Leben entwickelt sich nahezu perfekt: Sie sind eine glückliche kleine Familie. Dass sich Julien rasch entwickelt und in Kinderbüchern Dinge wie Autos, Bäume und Tiere erkennt und teilweise schon aussprechen kann – genauso wie Mama und Papa –, darüber freut sich Robert enorm. Er ist überglücklich, dass sie offensichtlich einen hochbegabten Sohn haben. Fabienne hingegen sieht die Situation differenzierter. Sie weiß noch, was Saba zu ihr sagte: „Ankerkinder sind oftmals hochintelligent und begabt." Saba weiß durch ihre weiblichen Vorfahren, dass es Ankerkinder gibt. Fabienne freut sich zwar auch über die sagenhafte Entwicklung von Julien, fragt sich aber, wie sich Julien wohl weiterentwickeln wird.

Eines Nachts hat Fabienne einen furchtbaren Albtraum. Sie träumt von den Roten, von deren Gräueltaten, von dem mit Blut getränkten Taleingang und auch von Marc. Fabienne träumt so intensiv von Marc, dass sie noch in der Nacht aufsteht, sich an den Laptop setzt und im Internet nach ihm recherchiert. Es lässt ihr keine Ruhe mehr, sie muss nun Bescheid wissen, was Marc tut, wo er lebt, einfach alles, was es über ihn im Internet zu erfahren gibt. Es dauert eine Weile, dann wird sie erstmals fündig. Ein Manager einer großen, internationalen Tunnelbau-Firma heißt Marc und sieht auch aus wie Marc.

Während Fabienne am Laptop sitzt, hört sie Julien – der in seinem Zimmer im Gitterbettchen liegt – laut husten. Er hat sich in den vergangenen Tagen etwas erkältet.

Auch Robert wird wach und bemerkt, dass Fabienne nicht neben ihm liegt. Er sieht das Licht im Wohnzimmer und dass Fabienne vor dem Laptop sitzt und offensichtlich sehr konzentriert nach etwas sucht. Robert ist zu müde, um Fabienne zu fragen, was sie mitten in der Nacht im Internet zu suchen hat. Er vermutet, dass sie etwas im Zusammenhang mit Juliens Husten recherchiert. Er legt sich wieder zu Bett.

Inzwischen ist Fabienne einen Schritt weitergekommen. Es muss Marc sein, den sie mittlerweile auf der Team-Seite dieser Firma lokalisieren konnte. Sein Standort dürfte in Belgien sein. Das spielt aber keine Rolle, denn Marc ist anscheinend überall auf der Welt unterwegs. Klar, mit dem, was ihr Marc über seinen Beruf erzählte, hat die Firma wenig zu tun, aber auch das will Fabienne im Moment nicht bewerten. Es ist ihr egal, sie will nur mit Marc in Kontakt treten, um ihn zu fragen, ob ihm dieses „Schloss-Hotel", in dem sie ihn getroffen hatte, etwas sagt. Ob er es kennt, ob er dort war, einfach ob es Marc war, mit dem sie das alles erlebte, oder ob es jemand in Marcs Gestalt war. Sie will zwar nicht darüber nachdenken, wer es sonst gewesen sein könnte, sie will nur eine ehrliche Antwort von Marc. Fabienne zögert etwas, bevor sie eine E-Mail an Marc versendet. Es ist eine kurze Nachricht, nicht mehr. Sie schreibt ihm nur, wer sie ist, und fragt, ob er in dem besagten Zeitraum in Frankreich in dem „Schloss-Hotel" war. Mehr will sie gar nicht wissen. Was sie sich von seiner Antwort – falls sie eine erhält – erwartet, ist Fabienne klar. Der Traum war so heftig, so schrecklich, dass sie wissen will, ob diese Geschichte mit den Roten der Wahrheit entspricht, egal was Robert und Rousel im Archiv herausbringen konnten.

15. Die Wende: Was nun?

In den nächsten Tagen sieht Fabienne mehrmals nach, ob eine E-Mail von Marc eingetroffen ist. Eine Woche später, als sie Julien zu Mittag schlafen legt, ist es so weit. Sie traut ihren Augen nicht, er hat tatsächlich geantwortet. Sie hat etwas zittrige Hände, als sie die Nachricht öffnet, in der steht:

„Hallo Fabienne, ich musste nur ganz kurz nachdenken, um wen es sich handelt, da du mir noch intensiv in Erinnerung bist. Es war eine schöne Zeit damals am Campus. Ich habe sehr tolle Erinnerungen, aber es ist eben schon lange her! Jetzt hat sich deine Frage bereits von alleine beantwortet, ob ich es bin, den du suchst. Ja, Fabienne, ich bin es, Marc. Zu deiner Frage, ob ich dieses Hotel kenne, das sich interessant anhört, so muss ich das leider verneinen. Es tut mir leid, Fabienne, du hast dort nicht mich erkannt, es muss jemand anders gewesen sein. Wäre es allerdings ich gewesen, so hätte es mir ebenso leid getan, dass du mich nicht angesprochen hast. Es ist alles schon so lange her und ich hätte mich sicher darüber gefreut, mit dir zu plaudern. Wie geht es dir? Was machst du immer so? Bist du verheiratet und hast du Kinder? Nun hast du mich neugierig gemacht, Fabienne. Ich bin oft in Frankreich und würde mich über ein Wiedersehen freuen. Wenn du mir deine Handy-Nummer gibst, würde ich mich melden, wenn du das möchtest."

Fabienne hat nun die Informationen, die sie wollte. Es war nicht Marc, es muss also tatsächlich der schrecklich brutale Burgherr in Marcs Gestalt gewesen sein. Denn wer sollte es sonst gewesen sein? Fabienne hätte sich wohl nie mit jemandem anderen als Marc eingelassen. Der richtige Marc wäre wohl auch niemals so brutal und pervers mit ihr umgegangen, vermutet Fabienne. Diese Roten, diese Sippe aus dem verdammten Roten Tal, haben es wirklich geschafft, eine weitere Zeitspanne in ihrer Dimension zu überleben und der gerechten Strafe zu entkommen.

Fabienne gießt sich ein Glas Orangensaft ein und denkt darüber nach, warum gerade Robert und sie dieses Ankerkind haben müssen. Es ist unglaublich, was passierte. Sie denkt an den Beinahe-Treppensturz, an die rote Wolke, in der sie zurückgebracht wurde und wodurch ihr nichts geschah. Wer hat da aufgepasst und warum? Um sie selbst ging es wohl nie, nur um das Kind, um deren Brut. Die Roten hatten in ihnen das perfekte Paar gefunden. Offensichtlich hatte auch Robert mit Cynthia noch eine Rechnung offen, genauso wie sie mit Marc. Robert ist genauso wie sie ein Perfektionist. Auch er hatte eine ähnlich schwere Kindheit, die ihrer beiden Charaktere nun mal so formte. Nie mehr Armut erleben zu müssen, Not oder Angst vor der Zukunft zu haben, das war ihre Motivation, um den Erfolg zu fokussieren. Die Roten wussten wohl auch, dass beide Probleme hatten, die Vorgeschichte dem anderen zu erzählen und dass sie die Geschehnisse einander niemals gestehen würden. Als Robert schwach wurde, wackelte das Vorhaben der Roten, oder war dies ebenfalls geplant und durchdacht? Wäre es zum – für die Roten ausschlaggebenden – Versöhnungssex gekommen, wenn auch Robert geschwiegen hätte und Fabienne keinen Grund gehabt hätte wegzulaufen? Dann wäre es niemals zu einem Zusammentreffen mit der Burgherrin – in Gestalt von Cynthia – und Fabienne gekommen. Cynthia ermutigte

Fabienne erst dazu, nichts zu sagen und sich nicht von Robert zu trennen. Die Roten wussten, dass Fabienne eine gemeinsame Zukunft mit Robert nicht so schnell aufgeben würde, all das, was sie sich aufgebaut hatten und was sie planten, nämlich mehr Zeit miteinander, Kinder, Heirat. Die Roten wussten, dass sich ihr Plan binnen dieser 24 Stunden erfüllen würde. Ja, sie hatte wahrlich genügend Zeit zum Einstudieren aller möglichen Szenarien. Sie waren gewappnet für alle Möglichkeiten und Varianten.

Fabienne läuft ein Schauer über den Rücken, es ist unfassbar. Was würde nun geschehen, wenn sie ihre „Tat" Robert gesteht? Was wären die Folgen? Würde sie alles verlieren, ihren Liebsten, ihre heile kleine Welt der Familie, die sie sich immer schon gewünscht hatte? Julien würde bei ihr bleiben, das steht für Fabienne außer Frage, aber wie wäre nach einer Trennung die weitere Beziehung zu Julien? Dass sich Robert, mit gebrochenem Herzen, von Fabienne trennen würde, scheint ihr klar.

Aber wie würde sich Julien entwickeln und welche Auswirkungen hätte eine Trennung auf ihn? Obwohl Fabienne es nicht wahrhaben will, denkt sie seit Tagen intensiv über ein Geständnis nach. Es war für sie immer klar, niemals die Beziehung aufs Spiel zu setzen, aber je mehr sie darüber nachdenkt, umso mehr möchte sie auch den Roten entgegenwirken. Ja, die mörderische Sippschaft aus dem Roten Tal hat bereits alles bekommen, was sie wollte, aber sie soll nicht in allem Recht behalten. Fabienne nimmt sich vor, mit Robert zu sprechen - und wenn es das Zerbrechen der Beziehung bedeuten sollte. Sie sieht nun nur darin eine langfristige Chance, eine glückliche Mutter zu sein. Welche Werte kann sie ihrem Kind schon vermitteln, wenn sie selber keine pflegt?

Fabienne will raus aus der Lüge, endgültig. Wann ist der richtige Zeitpunkt, wann der beste Moment dafür? Sie wird ihn fühlen, sie wird wissen, wann er gekommen ist.

Fabienne steht auf und wärmt ein Glas mit Babynahrung, als just auch Julien zu hören ist: „Mama, Mama, munter." Fabienne erschrickt, denn das Wort „munter" hat Julien noch nie gesagt. Er ist zwölf Monate alt und offensichtlich hochbegabt. Das kann noch lustig werden, denkt Fabienne besorgt, und freut sich zugleich.

Am Abend kommt Robert nach Hause. Neben dem Spielen mit Julien und gemeinsamen Abendessen bemühen sich Fabienne und Robert auch, einander immer genug Zeit zu widmen. Sie reden viel miteinander, erzählen sich den Tag. Ihre Liebe soll niemals abebben, das ist beiden wichtig und dafür tun sie auch einiges.

Robert richtet ein Fläschchen für Julien. Fabienne küsst Julien auf die Stirn und wünscht ihm eine gute Nacht. Dann bringt Robert den Kleinen zu Bett. Meist schläft Julien bereits die ganze Nacht durch und schreit auch nur selten. Auch dadurch hebt sich ihr Ankerkind deutlich von anderen, gleichaltrigen Kindern ab. Nachdem Robert mit Julien im Kinderzimmer verschwunden ist, stellt sich Fabienne darauf ein, zu beichten. Sie will gestehen – und zwar jetzt, hier und noch heute, endgültig. Der Beschluss ist gefallen. Fabiennes Herz pocht und Nervosität macht sich breit. Was wird geschehen? Wird Robert noch heute Abend ausziehen, seine Familie verlassen? Sie könnte ihm nicht einmal böse sein, denn sie hat sich viel zu lange Zeit gelassen, ihren Fehltritt, wenn auch unter Einfluss von Unerklärlichem, zu gestehen. Aber jetzt ist es so weit, Fabienne wird das durchziehen. Als Robert aus Juliens Zimmer kommt, sagt sie:

„Robert, ich muss mit dir reden, jetzt."

„Sicher, mein Herz, worum geht es denn?"

„Es gibt etwas Schlimmes, das ich dir gestehen muss. Ich habe etwas getan, was ich zutiefst bereue, denn ich war nicht ehrlich zu dir."

Fabienne geht zum Fenster und sieht hinaus, während sich Robert an den Tisch setzt.

„Du hast etwas Schlimmes getan, warst unehrlich. Was meinst du damit, Fabienne?"

Robert ist aufgeregt, er weiß nicht, was ihn erwartet, er zittert sogar leicht, die Situation ist angespannt.

„Robert, ich sage dir jetzt etwas, was mir nicht einfach fällt. Ich muss es dir sagen, denn ich fühle mich schlecht, immer schlechter, das war anfangs nicht so. Anfangs dachte ich, ich würde alles aufs Spiel setzen, wenn ich es dir erzähle, aber jetzt ist es anders. Es ist so, dass ich die einzige Chance für uns sehe, wenn ich es dir gestehe. Nur so können wir – falls du mir jemals verzeihen kannst – unsere innige Liebe und unser Glück behalten, darauf aufbauen und sie festigen. Robert, bitte reagiere nicht über, versuche klar zu denken, mach nichts voreilig."

Robert nimmt sich ein Glas Wasser, geht an das andere Ende des Raumes und wendet Fabienne den Rücken zu, als sie sich zu Robert umwendet:

„Ich habe dich hintergangen, ja, ich habe dich betrogen, so wie du es auch getan hast. Vermutlich auch zur selben Zeit.
Alles, was du mit Rousel recherchiert hast, ist eingetroffen, die Roten haben es geschafft, die Generationenübergabe ist ihnen geglückt, sie sind nicht im Fegefeuer. Diese Mörder sind eine weitere Epoche in ihrer Dimension.

Robert, es ist unverzeihlich, auch ich hatte Geschlechtsverkehr mit einem Mann, den ich von früher kannte. Vom Campus, der Universität. Wir hatten Sex, mehr nicht, ich war, so wie du, nicht bei Sinnen, das war nicht ich selber, ich war – wie du – manipuliert. Auch der Mann war nicht der, der er vorgab, ich weiß das jetzt", sagt Fabienne und beginnt zu schluchzen.

Sie ist erleichtert, dass sie endlich darüber gesprochen hat, was sie lange mit sich herumgetragen und vergeblich zu vergessen versucht hat. Als sie sich etwas beruhigt hat, setzt sie fort, während ihr Robert immer noch den Rücken zuwendet.

„Ich wollte das nicht, ich wollte dich nicht anlügen. Aber auch Saba meint, ich muss es dir sagen, nur so haben wir eine langfristige Chance. Unser Kind ist ein Ankerkind, es ist vielleicht hochbegabt, aber es ist normal, es ist unser Kind aus Fleisch und Blut, es ist unser Julien. Robert, bitte verzeih mir, ich liebe dich so sehr, ich konnte es dir nicht sagen, weil ich nicht so stark war wie du. Ich war schwach und hatte Angst, alles zu verlieren. Ich war egoistisch und schlecht. Ich hätte es dir sofort sagen müssen, bitte, bitte, verzeih mir."

Es ist ruhig im Zimmer, es ist so ruhig wie schon lange nicht mehr. Dann fällt Robert das Wasserglas aus der Hand und er muss sich an der Wand abstützen. Dann dreht er sich zu Fabienne um. Er hat Tränen in den Augen.

„Fabienne, du bist genauso stark wie ich. Es tut weh, ja, es schmerzt sehr, aber ich wusste, ich hoffte, ich betete darum, dass du bald die Kraft finden wirst, ehrlich zu mir zu sein. Nur diese Lüge stand noch zwischen uns und unserer Familie. Nur dieses Geständnis fehlte."

„Robert, du hast es gewusst?", fragt Fabienne fassungslos.

„Ja, ich habe es von Anfang an vermutet, aber mir fehlten noch ein paar Dinge, um mein Bild zu vervollständigen. Du hast Saba erwähnt. Sei nicht böse auf sie, aber sie wusste, wie ich reagieren würde, sie wusste, sie kann vernünftig mit mir reden.

Ja, Saba hat es mir schlussendlich bestätigt, sie ist mit der hellen Seite des Jenseits verbunden. Es wäre für sie unmöglich gewesen, eine solche Last mit sich herumzutragen. Saba sagte mir, du wirst es mir beichten, es ist nur eine Frage der Zeit. Sie meinte, du bist stark, genauso stark wie ich, vielleicht auch stärker – und du liebst mich so sehr, eine Liebe wie unsere ist etwas so Besonderes, dass uns auch die helle Seite – wie sie Saba immer nennt – längst verziehen hat. Darum, Fabienne, habe ich dir bereits verziehen, ich habe nur noch sehnsüchtig auf den Augenblick gewartet, an dem du es mir gestehst. Jetzt, wo du das geschafft hast, Fabienne, möchte ich dich etwas fragen."

Robert öffnet eine Schublade, nimmt eine kleine Schatulle heraus und kniet sich vor Fabienne nieder. Er öffnet den Deckel der Schatulle und nimmt einen großen, wunderschönen Diamantring heraus und reicht ihn Fabienne.
Fabienne ist mittlerweile so blass geworden, dass kaum ein Unterschied zwischen der weißen Wand hinter ihr und ihrem Gesicht zu erkennen ist.

„Willst du meine Frau werden?"

Fabienne schluckt, fährt sich durchs Haar und sieht Robert tief in die Augen:

„Du bist nicht von diesem Planeten. Du bist aus einer anderen Galaxie, Robert. Du bist das Beste, was mir je passiert ist. Ja, Robert, ja, es ist das schönste Geschenk, das eine Frau bekommen kann.

„Ja, ich will deine Ehefrau werden."

„Fabienne, du bist die Frau meines Lebens. Ich bin so glücklich mit dir und werde dich auf Händen tragen, dich beschützen und ehren. Ich liebe dich."

Robert steht auf, steckt Fabienne den Verlobungsring an den Finger und umarmt sie zärtlich. Fabienne fühlte sich aufgehoben und geborgen wie noch nie im Leben. Sie ist dem Himmel dankbar für ihren Robert.

16. Die Roten: Angst um Julien

An einem Freitagabend bereitet Robert das Abendessen zu und Fabienne spielt mit Julien. Er ist fünfzehn Monate alt, geht bereits allein sehr sicher auf seinen zwei Beinen und spricht schon mehrere Worte in sinnhaften Zusammenhängen.

Julien sieht wirklich niedlich aus. Er hat die dunklen Haare von Robert und die blauen Augen von Fabienne. Diese Kombination wird ihm vermutlich später einmal viele Verehrerinnen einbringen, denn es besteht wohl kein Zweifel daran, dass auch er ein Frauenschwarm wird wie sein Vater Robert. Julien ist etwas größer als die meisten Kinder seines Alters und ist ein rundum gesundes Kind. Was wirklich auffällig ist, ist seine Ruhe. Julien schreit selten, er kann sich schon in einer anderen Art verständlich machen als nur zu plärren. Fabienne und Robert haben mit Kinderärzten darüber gesprochen, ob bald eine gesonderte Begabtenförderung sinnvoll wäre, doch man möchte die Entwicklung noch weiter abwarten. Es ist einfach noch zu früh dafür. Julien ist ein Kleinkind, das sich ausleben, entwickeln und seine Erfahrungen sammeln muss. Die beiden wollen nur alles richtig machen, nichts verpassen oder vernachlässigen, Julien soll so gut wie möglich gefördert werden.

Es ist ein angenehmer Abend und nach Julien gehen auch Fabienne und Robert zu Bett. Im Bett planen sie weiter für ihre Hochzeit. Es soll nichts Großes, aber etwas Besonderes werden. Robert stellt wie jeden Tag das Babyphone an. Durch das Infrarot-Licht merkt Julien nicht, dass seine Eltern jede seiner Bewegungen und die Umgebung deutlich sehen können. Manchmal sehen sie ihm stundenlang beim Schlafen zu. Es ist beruhigend, Julien zu beobachten, wie er sich bewegt, oder zu hören, wie er atmet.

Mitten in der Nacht, es muss gegen zwei Uhr sein, wird Robert wach. Das Babyphone hat sich eingeschaltet, da der Sensor Bewegungen und Töne erkennt. Robert sieht nur mit einem Auge kurz auf das Display, als er glaubt, eine Stimme zu hören. Es sind andere Geräusche, als er sonst mitten in der Nacht wahrnimmt. Fabienne schläft weiter, denn das Babyphone steht auf Roberts Seite des Bettes. Robert sieht nochmals auf das Display, es scheint ganz kurz heller geworden zu sein als normal, war da ein Licht in Juliens Kinderzimmer? – Nein, wie soll das denn auch möglich sein. Inzwischen ist das Display wieder dunkel, auch sonst ist nichts mehr zu hören. Robert denkt noch kurz darüber nach, schläft aber bald wieder ein. Ein paarmal wird er in dieser Nacht noch geweckt. Jedes Mal ist aber nichts Außergewöhnliches zu bemerken, Julien dreht sich im Schlaf nur auf die andere Seite. Als Robert gegen vier Uhr wieder aufwacht, steht er auf, um in der Küche einen Schluck Wasser zu trinken und auf die Toilette zu gehen. Bei dieser Gelegenheit sieht er nach Julien. Es scheint alles in bester Ordnung zu sein, Julien liegt seelenruhig in seinem Bettchen und atmet ganz ruhig. Er ist zugedeckt, als ob man ihm soeben die Decke gerichtet hätte, denkt Robert. Als Robert sich wieder umdreht, bemerkt er, dass das Kinderlampion-Spiel nach links und rechts pendelt, als ob zuvor jemand angestoßen wäre.

„Was ist da los? Julien schläft und es ist kein Fenster geöffnet. Er liegt im Bett, als ob er gerade eben zu Bett gebracht worden wäre, und jetzt pendelt auch noch der Lampion", murmelt Robert und dreht das Licht auf, als Fabienne zur Tür hereinkommt.

„Was ist los?", fragt sie Robert. „Warum machst du Licht?"

„Ich hab zuvor schon mal Stimmen aus dem Kinderzimmer gehört, und als ich jetzt nachsehen war, liegt Julien im Bett und hat die Decke bis zum Hals gezogen, wie wir es immer tun, wenn wir ihn zu Bett bringen. Du weißt doch, dass das nie lange anhält, er zieht sich die Decke doch sofort nach unten. Sieh mal, der Spiele-Lampion pendelt noch immer. Wie ist das möglich? Julien schläft und außerdem kann er alleine niemals so hoch hinauflangen."

Fabienne beschwichtigt Robert. All das ist erklärbar, meint sie, obwohl sie innerlich beunruhigt ist. Sie verlassen leise das Kinderzimmer und gehen wieder ins Bett. Beide liegen still, aber es lässt beiden keine Ruhe. Was ging hier vor? Sie denken sofort an die Roten, an das Rote Tal, an die Verdammnis und an die Generationenübergabe. Fabienne beginnt leise zu beten, Robert liegt schweigend neben ihr. Auch er bittet – schweigend – um Schutz und Unterstützung. Es darf nichts mit den Roten zu tun haben, damit, dass Julien angeblich ein Ankerkind ist, das die Verbindung zwischen den Lebenden und der Dimension aufrechterhält, in der sich die Sippe der Roten befinden soll.

Irgendwann schlafen sie ein. Robert weiß am nächsten Morgen nicht mehr, ob er vor Fabienne eingeschlafen ist, denn er kann sich nicht erinnern, wann Fabienne zu beten aufgehört hat. Nach dem gemeinsamen Frühstück sprechen sie nicht mehr über den Vorfall und die Welt scheint hoffentlich in Ordnung zu sein. Freilich hat keiner der beiden die Begebenheit vergessen und während Robert ausgelassen und mit offensichtlichem Spaß mit seinem Sohn herumtollt, fällt Fabienne wieder ein, was Saba zu ihr gesagt hat. Nämlich dass sie einige Fälle kennt, in denen Ankerkinder von den Angehörigen der anderen Dimension besucht wurden. Mehr konnte sie auch nicht dazu sagen. Fabienne ist in großer Sorge, denn genau das könnte letzte Nacht passiert sein. Wenn es nur ein Besuch war – oder wie auch immer man das bezeichnen möchte –, um eventuell nachzusehen, ob es ihrem Anker gut geht, dann wäre es so weit in Ordnung, wenn auch unheimlich. Alle möglichen und unmöglichen Gedanken und Schreckensszenarien gehen Fabienne in den nächsten Tagen durch den Kopf. Sie will Robert nicht auch noch damit belasten und ist sich nicht sicher, ob sie ihm etwas von dieser Besucher-Sache, so wie es Saba beschrieb, erzählen soll. Nach ein paar Tagen spricht sie doch mit Robert darüber.

„Du hast das zwar erwähnt, aber nichts von etwaigen Folgen eines solchen Besuches", entgegnet Robert etwas aufgebracht. „Lass doch bitte die Kirche im Dorf und sei realistisch! Die Roten haben alles, was sie wollten, also gibt es doch keinen Grund für sie, in unsere Dimension zu wechseln. Und wer weiß, ob ein Wechsel der Dimension nicht auch mit Risiken für sie verbunden ist", versucht er Fabienne zu beruhigen.

Fabienne erscheint das zwar plausibel, aber sie möchte trotzdem mit Saba darüber sprechen. Auch wenn es bereits zwanzig Uhr vorbei ist. Robert hat nichts dagegen, im Gegenteil, es scheint ihm vernünftig und verantwortungsbewusst zu sein. Glücklicherweise ist Saba rasch erreichbar und die beiden legen ihr die Lage dar.

Nachdem sie Saba von dem Vorfall erzählt haben, wird es eine Weile still in der Leitung.

„Saba, bist du noch dran?"

„Ja, ich bin noch dran, ich musste mich nur kurz setzen. Also ich will euch nicht beunruhigen, aber es gibt nach einem Besuch aus der anderen Dimension angeblich Tendenzen, die es sofort zu unterbinden gilt!"

Fabienne und Robert sind alarmiert.

„Was meinst du mit ‚unterbinden'?", fragt der etwas verstörte und wütende Robert.

Saba versucht, die beiden etwas zu beruhigen.

„Na ja, es ist so: Wenn die Angehörigen aus der anderen Dimension es einmal geschafft haben, ihren Anker aufzusuchen, dann könnte – und ich möchte, dass ihr dieses ‚könnte' nur als Möglichkeit auffasst – es sein, dass sie Gefallen daran finden. Als Gestalten zu erscheinen, dürfte ihnen nur in der Phase der Generationenübergabe möglich sein, das bedeutet, dass sie maximal die Energie dafür aufbringen können, als Kraft zu wirken. Verifiziert ist dies freilich nicht", betont Saba.

„Warum tun sie das?", will Fabienne wissen.

Saba zögert und meint: „Es ist zwar nicht der gleiche Fall, ich kann euch auch keinen adäquaten nennen, aber stellt euch vor, eine Familie verliert ein Kind. Gott behüte, ich meine natürlich nicht Julien, ich meine das beispielhaft. Also stellt euch das jetzt bitte trotzdem vor – und, sagen wir, ihr habt eine Möglichkeit gefunden, um nachzusehen, ob es dem kleinen Verstorbenen – wo er immer auch sein mag – gut geht. Würdet ihr regelmäßig nachsehen?"

„Ja klar, Saba, sicher würden wir das", sind sich Fabienne und Robert einig. „Dann haben wir aber im Grunde nichts zu befürchten, oder?", versuchen sich die beiden wieder zu beruhigen.

„Prinzipiell habt ihr recht, vergesst aber bitte nicht, mit wem ihr es hier zu tun habt. Das ist eine böse und dunkle Kraft. Das sind die Energien von Mördern, von Schändern und verdammten Seelen, versteht ihr? Die sehen nicht nur nach, ob es ihrem Anker gut geht, die haben ausschließlich negative Intentionen allen Individuen gegenüber, sie stellen womöglich Besitzansprüche an ihren Anker. Es ist nicht auszuschließen, dass ihr tyrannisiert werdet oder etwas noch Schlimmeres geschieht."

Fabienne und Robert sehen sich angsterfüllt an.

„Was sollen, was können wir tun, Saba?", fragen sie panisch.

„Kannst du irgendwas machen?"

Saba denkt kurz nach: „Ich muss vor Ort sein, ich muss die Energie fühlen, ich kann in diesem Fall keine Fernprognose abgeben, das würde zu nichts führen."

Keine dreißig Minuten später steht Saba vor der Tür! Julien schläft bereits in seinem Bettchen. Sie verhalten sich leise, um ihn nicht zu wecken. Saba hat eine kleine Tasche bei sich, aus der sie zuerst ein Gefäß aus Kupfer herausnimmt. Sie öffnet den Deckel, darin befindet sich eine klare Flüssigkeit, die wie Wasser aussieht. Sie stellt das Gefäß im Wohnzimmer ab und zieht einen Zweig aus der Tasche, der ziemlich krumm und alt aussieht. Außerdem hat sie eine große Feder dabei. Saba bittet Fabienne, die Lichter in der Wohnung zu reduzieren und ganz leise zu sein.

Saba schreitet langsam durch die Wohnung, sie sieht in ihrem bodenlangen Kittel geisterhaft aus. Dann hält sie die Feder mit der rechten Hand in die Höhe. Die linke Hand bewegt sie hochgestreckt im Kreis – es scheint, als ob sie etwas einzufangen oder aufzuspüren versucht. Es sieht unheimlich aus.

Fabienne legt ihren Arm schutzsuchend um Roberts Taille. Beide kennen so etwas nur aus dem Fernsehen. Er wirkt befremdlich und surreal.

Das darf doch alles nicht wahr sein, wo sind wir denn hier hineingeraten, denkt Robert und legt auch seinen Arm um Fabienne.

Saba geht einen Raum nach dem anderen ab. Was auch immer das Ganze zu bedeuten hat, wenn es dem Zweck dienlich ist, nehmen die beiden alles in Kauf.

Saba öffnet schließlich ganz behutsam die Tür zu Juliens Zimmer. Er liegt im Bett und schläft tief und fest. Sabas Hände beginnen sich schneller zu bewegen, sie murmelt etwas Unverständliches vor sich her. Dann dreht sie sich um, geht zum Kupfergefäß im Wohnzimmer und taucht den alten krummen Zweig tief in die Flüssigkeit. Dann geht sie zurück in das Kinderzimmer und bespritzt alle vier Wände. Danach zieht sie einen Kreis rund um Juliens Bett und bespritzt den Boden und die Decke des Zimmers mehrmals mit der Flüssigkeit. Saba bleibt nun mitten im Raum stehen, senkt ihren Kopf und streckt die Hände nach vorn. Wieder murmelt sie irgendwelche Phrasen vor sich her, die nicht zu verstehen sind.

Dann hört sie schlagartig damit auf. Man hört kurz dumpfes Klopfen, als ob jemand in der Wohnung darunter an die Zimmerdecke schlagen würde. Zwei-, dreimal, es ist gruselig, verstörend. Saba verlässt wieder Juliens Zimmer, schließt die Tür und atmet tief durch:

„Ich wollte den Durchgang finden, er ist in diesem Zimmer, ganz sicher."

„Welchen Durchgang? Hier gibt es nur eine Tür, sonst nichts", sagt Fabienne.

„Der Durchgang zur anderen Dimension, Fabienne. Die müssen ja irgendwie hereinkommen, die können nicht durch die Tür reinspazieren, wie du, Robert oder ich. Ich konnte den Durchgang nicht finden, das ist schade, denn sonst hätte ich diese Pforte separat behandeln können. Es ist zu viel an Energie in diesem Raum, es gab schon zu viele Besuche, zu viele Übertritte."

Fabienne werden die Knie weich und sie lässt sich auf die Couch fallen. Robert macht seiner Besorgnis in Form von Aggression Luft.

„Hey, hey, was für einen Quatsch erzählst du da? Sorry für meine Sprache, aber du willst uns doch nicht weismachen, dass hier schon andere als wir in diesem Raum waren?"

„Ja, andere als wir. Die Kraft, die Energie von anderen, die nicht mehr am Leben sind. Die Kraft der Roten, Robert, stell dich nicht so an. Du weißt genau, was ich meine – und du weißt auch genau, wie ich das meine. Ja, ja, verdammt noch mal, die waren schon ziemlich oft in Juliens Zimmer."

Fabienne und Robert sind entsetzt.

„Und, hat dein Ritual jetzt die Energie gebannt oder wie? Ist Julien nun in Sicherheit?", fragt Robert aufgebracht.

„Die Roten werden es nun verdammt schwer haben, hierher zurückzukehren, sehr schwer bis unmöglich", versucht sie Saba zu beruhigen. „Ich sollte sie abgeblockt haben, versprechen kann ich es jedoch nicht."

Saba hat sich zu den beiden, die sie mit aufgerissenen Augen anstarren, auf die Couch gesetzt.

„In manchen Fällen setzen die Angehörigen einer anderen Dimension, also die Roten in eurem Fall, alles auf eine Karte", fügt Saba hinzu. „Sie wollen – warum auch immer – unbedingt diesen direkten Kontakt halten und setzen alle Kraft daran. Ich kann euch nur über alle Möglichkeiten aufklären, die ich selbst erlebt oder von denen ich schon gehört habe, nicht mehr, aber auch nicht weniger. Angst zu haben ist der falsche Weg, es bringt nichts, sich fertig zu machen. Vielleicht hat der Spuk auch ein Ende und die Bewohner des Roten Tals ziehen sich zurück. Niemand kann das wissen."

Fabienne steht schließlich auf und geht in die Küche. Ein heißer Tee wäre jetzt sicher das Richtige, damit sich die Gemüter aller wieder etwas besänftigen. Saba nimmt das Angebot an und verabschiedet sich, nachdem sie den Tee getrunken hat.

Robert schaltet den Fernseher ein. „Ich brauche jetzt etwas ganz anderes. Mir ist das zu gespenstisch, mit dem kann ich nicht umgehen. Es fällt mir schwer, das alles zu glauben, aber wenn ich es nicht besser wüsste, dann hätte ich das mit dem Schloss und den Roten auch nicht geglaubt."

Fabienne geht es genauso und sie setzt sich zu Robert. Die beiden sehen sich belangloses Zeug im TV an und versuchen, das Ganze zu verarbeiten, was ihnen nicht leicht fällt. Sie müssen es aber schaffen, sie müssen mit der Sache umzugehen lernen, am besten sofort, zum Wohl der ganzen Familie.

Etwas später gehen sie zu Bett. Fabienne schaut noch zu Julien ins Kinderzimmer, sendet ihm Küsschen und lässt die Tür angelehnt. Robert stellt wie immer das Babyphone an, umarmt Fabienne und wünscht ihr eine gute Nacht.

Es ist ruhig, wenn auch noch etwas Anspannung in der Luft liegt.

Gegen drei Uhr in der Früh wird Robert durch das sich einschaltende Babyphone wach. Er sieht kurz auf das Display, es scheint alles okay zu sein. Er schläft wieder ein, als ihn ein Poltern erneut aus dem Schlaf reißt. Diesmal ist auch Fabienne wach geworden.

„Was war das, kam das aus Juliens Zimmer?", fragt Fabienne.

„Ja, ich denke schon, aber jetzt ist es wieder ruhig, vielleicht hat er sich wieder mit dem Kopf gestoßen", versucht Robert sie zu beschwichtigen. Beide sind nervös, zu viel ist am vergangenen Abend geschehen.

Im nächsten Moment schaltet sich das Bild des Displays wieder ein, es muss sehr hell im Kinderzimmer sein, denn es ist kaum etwas zu erkennen. Leises Gestammel ist zu hören – da stimmt etwas ganz und gar nicht. Fabienne steht auf und nimmt Robert an der Hand.

„Sieh nur!" Fabienne traut ihren Augen nicht. „Da scheint rotes Licht unter der Tür durch, nein, das gibt es doch nicht!", ruft sie entsetzt.

Fabienne hat Gänsehaut, sie zittert vor Angst. Sie reißt die Schlafzimmertür auf, geht durch den Flur auf Juliens Zimmer zu, sieht rotes Licht durch den Türspalt und reißt die Tür auf. Robert stellt sich schützend vor Fabienne.

Der Raum ist grell rot erhellt. Woher kommt dieses Licht?
„Wo ist Julien", schreit Fabienne, „wo ist unser Kind?"

Julien steht mitten im Raum, er sieht seine Eltern mit weit geöffneten Augen an, mit einem Blick, den er noch nie hatte.

Das kann unmöglich Julien sein! Ein tosendes Geräusch ist zu hören, es wird immer lauter. Sirenenartig pulsierend, auf und ab schrillend.

Robert und Fabienne halten sich an den Händen, dringen jedoch nicht zu Julien vor, etwas hält sie auf.

Julien steht inmitten eines roten Lichtkegels und sieht sie immer noch mit weit geöffneten Augen an, als der Lärm kaum noch zu ertragen ist.

17. Der Traum: Laetitia

Das Bild verliert an Farbe, Fabienne, Robert und Julien verblassen immer mehr, nur dieser irrsinnige Ton ist noch zu hören.

Es schrillt immer noch unerträglich im Raum.

„Nein, ich mag noch nicht aufstehen. Ist es tatsächlich schon wieder in der Früh?
Oh mein Gott, ich komme immer mühsamer aus den Federn, ich bin zu alt für diesen Job."
Laetitia dreht sich um, ring, ring, ring, ring, schrillt ihr Retrowecker, er dröhnt unaufhörlich.
Mit einem Schlag setzt Laetitia dem Läuten ein Ende.

Sie gähnt, streckt sich durch, kriecht langsam aus dem Bett.

„Was war das wieder für eine Nacht, ich bin wirklich nicht mehr fit für all das. Diese Albträume machen mich noch fertig", murmelt sie, während sie sich unter die Dusche stellt.

Laetitias Traum war so real, dass es dauert, bis sie in die Gänge kommt.

„Ich fühle mich, als ob mich drei Pferdegespanne überfahren hätten, ich kann nicht mehr", seufzt sie. Sie brüht sich noch rasch einen Kaffee auf, ehe sie ihr Haus verlässt.

Laetitia ist Archivarin aus Überzeugung und mit Liebe zum Detail. Sie hat Kunstgeschichte studiert und ihr Steckenpferd sind alte Bräuche, Erzählungen, Sagen und Legenden. Ihre mittlerweile neunundfünfzig Jahre sieht man ihr kaum an, ihre langen braunen Haare und ihre sportliche Figur passen zu ihrem Typ. Laetitia war nie verheiratet und hat keine Kinder. Sie lebte immer schon für ihre Recherchen. Man könnte fast sagen, sie lebt in der Vergangenheit, zumindest verbringt sie viel Zeit damit, sich mit Dingen aus der Vergangenheit zu beschäftigen.

Laetitia lässt auf dem Weg zur Arbeit den Traum der vergangenen Nacht nochmals Revue passieren.

Dieser Traum ging ihr eindeutig zu weit. So kann es nicht weitergehen. Diese Albträume machen sie fertig.

Früher konnte Laetitia diverse Recherchen über ihr anvertraute Erzählungen und Überlieferungen noch locker wegstecken, heute quält es sie immer öfter, nicht loslassen zu können. Immer wieder wird sie in vergangene, angeblich reale Vorkommnisse hineingezogen. Es lässt sie nicht mehr los, sie verarbeitet das alles nicht mehr so, wie sie es müsste, um ihren Job gesund weiter ausführen zu können, so sehr sie ihre Arbeit auch liebt.

Der Albtraum in der letzten Nacht war für Laetitia so realistisch, dass sie sich an jede noch so kleine Szene erinnert, so als ob sie selbst anwesend gewesen wäre. Es ist an der Zeit, dass jüngere Kollegen nun ihren Job übernehmen.

Im Archiv angekommen, hat sie sich etwas erholt und muss an Fabienne und Robert mit ihrem Julien denken. Sie denkt an das Rote Tal, an die Roten, und fragt sich, was sich davon wohl wirklich abgespielt hat.

Ja, Fabienne und Robert waren bei ihr gewesen, um sich Rat zu holen, auch um über das Tal zu recherchieren.

Laetitia half ihnen dabei, sie saßen damals stundenlang vor dem PC im Archiv. Aber es waren so viele Details in diesem Traum, die sie sich absolut nicht erklären kann.

Sind es ihre eigenen Ängste, womöglich ihre tiefsten und dunkelsten Wünsche, vielleicht eine Mischung aus allem, wer weiß? Laetitia spielt mit dem Gedanken, mit Fabienne und Robert in Kontakt zu treten, ihre Telefonnummer hat sie bestimmt noch, denn der Besuch von den beiden ist vielleicht zwölf oder vierzehn Monate her.

Zu gerne würde sie ihnen von diesem unglaublichen Traum erzählen. Nun gut, einige Szenen würde Laetitia anfangs eventuell verschweigen, aber zu erfahren, wie es den beiden inzwischen tatsächlich geht, lässt ihr keine Ruhe mehr.

Laetitia weiß aus ihrer Tätigkeit, aus ihrer Erfahrung, dass in dieser Gegend rund um das Rote Tal viele unerklärbare Dinge passiert sein müssen. Zu viele Geschichten, Erzählungen und Überlieferungen hat sie schon recherchiert.

Einiges davon konnte teilweise verifiziert werden, darauf ist Laetitia stolz. Es sind die Früchte ihrer Arbeit.

Laetitia erschrickt, als das Telefon klingelt, so sehr ist sie in Gedanken. Gibt es Saba tatsächlich? Wie geht es Julien?
Laetitia greift zum Hörer und hebt ab!

Ein wohl noch junger, etwas verwirrter Mann ist in der Leitung:
„Bin ich mit dem Archiv verbunden, spreche ich mit der Leiterin?"
„Ja, das tun Sie, mein Name ist Laetitia, wie kann ich Ihnen helfen?"
„Mein Name ist Pierre, ich muss dringend mit Ihnen reden, ich muss Sie persönlich treffen, es ist wirklich wichtig", sagt der Anrufer atemlos.

„Pierre, beruhigen Sie sich. Was gibt es denn?"

„Sie kennen den *Grand Forêt* hier bei uns?"

„Natürlich, was für eine Frage, er beginnt zwei Kilometer nördlich von hier", sagt Laetitia."

„Genau, wir waren gestern am Abend dort, ein paar Kumpels und ich."

„Laetitia, Sie glauben nicht, was da geschah, es ist kaum zu fassen, es ist unerklärlich, es kann nicht sein, Sie müssen uns helfen."

Laetitia legt den Hörer kurz zur Seite, atmet tief und langsam durch, dann sagt sie: „Einmal noch, nur noch ein einziges Mal, dann trete ich aber mit Sicherheit meinen Ruhestand an. ...“

Herstellung und Verlag:
BoD - Books on Demand, Norderstedt
ISBN 978-3-7528-0407-2